YSGOL
JACOB

BRIAN KEANEY

Addasiad gan
ELIN MEEK

RILY

CYNNWYS

1. FYRSIL

Agorodd llygaid Jacob yn araf a sylweddolodd ei fod yn gorwedd ar lawr a'i wyneb wedi'i wasgu yn erbyn y ddaear. Cododd ar ei eistedd yn drwsgl ac edrych o'i gwmpas. Roedd e ynghanol cae enfawr. Roedd gwair wedi'i dorri oddi tano, ac yma a thraw roedd blodau gwyn pitw bach oedd yn edrych fel petaen nhw'n disgleirio yn y gwyll. O'i flaen, yn y pellter, gallai weld rhes o goed. Doedd dim byd yn symud yn unman.

Beth roedd e'n ei wneud yma?

Ceisiodd gofio sut roedd e wedi cyrraedd yno a pham roedd e wedi bod yn gorwedd ar lawr, yn cysgu'n sownd, ond roedd hi'n ymddangos nad oedd dim yn ei feddwl, dim yw dim, fel petai e wedi agor cwpwrdd ei gof a'i gael yn hollol wag.

Edrychodd o'i gwmpas yn bryderus, gan obeithio y byddai e'n gweld rhywbeth a fyddai'n ei atgoffa o'r hyn roedd e wedi bod yn ei wneud cyn mynd i gysgu, ond doedd dim i'w weld, dim ond gwair ar dair ochr, y rhes o goed o'i flaen ac, uwch ei ben, ehangder mawr o awyr o liw cnawd wedi'i gleisio. Doedd e ddim yn hoffi golwg yr awyr yna. Roedd e fel petai'n ei fygwth yn dawel.

Dechreuodd deimlo ofn yn ei feddiannu, fel dŵr rhewllyd, oer yn diferu drwy ei wythiennau. Rhaid ei fod yn gallu cofio rhywbeth, meddai wrtho'i hun. Arhosodd e'n llonydd iawn a chanolbwyntio. Meddylia! Sut cyrhaeddaist ti fan hyn?

Ond doedd dim yn tycio.

Safodd e ar ei draed, gan deimlo bod angen iddo atal y don o banig oedd yn bygwth ei lethu. Trodd ei ddwylo'n ddyrnau a'u dal o'i flaen, gan eu gwasgu'n galed, fel petai ymdrech gorfforol yn gallu'i dawelu. Fe fydd popeth yn iawn mewn munud, meddai wrtho'i hun. Bydd yn amyneddgar. Fe ddechreui di gofio. Gad i ni weld, beth wyt ti'n ei wybod?

Jacob oedd ei enw. O'r gorau. Beth arall?

Dim.

Dyna ni. Dyna'r unig beth y gallai ei gofio. Jacob oedd ei enw. Rhoddodd ei ddwylo ar ei ben a thynnu wrth ei wallt. Doedd hyn ddim yn bosibl. Rhaid ei fod yn gallu cofio rhywbeth. Petai e'n gallu cofio'r mymryn lleiaf, roedd e'n siŵr y byddai popeth arall yn syrthio i'w le. Petai e ond yn gallu dechrau cofio.

Edrychodd i lawr ar ei ddillad. Roedd e'n gwisgo trowsus glas, crys T gwyrdd ac esgidiau gwyn. Roedd staeniau brown afreolaidd drostyn nhw i gyd. Teimlai'n siŵr mai ei ddillad e oedden nhw ond doedd e ddim yn eu cofio nhw.

Yna symudodd rhywbeth, yn ddwfn iawn yn ei gof, mor ddwfn nes ei fod fel y sibrwd tawelaf mewn ogof anferthol. Beth oedd e? Ceisiodd ei gyrraedd yn ei feddwl a chydio ynddo, fel dyn dall yn ceisio cyrraedd cannwyll, ac yn sydyn, roedd e wedi'i gael e. Gwyddai beth oedd e; ond gan deimlo siom enfawr, sylweddolodd mai dim ond teimlad oedd e, nid ffaith go iawn. Dim ond teimlad sicr ei fod wedi colli rhywbeth. Nid ei gof yn unig. Rhywbeth gwahanol. Cyn iddo golli ei gof, teimlai'n siŵr ei fod wedi colli rhywbeth arall. Ond doedd ganddo ddim syniad beth oedd e. Ochneidiodd. Doedd hyn yn dda i ddim.

Beth oedd e'n mynd i'w wneud? Roedd yn rhaid iddo gael help, roedd hynny'n amlwg. Roedd angen iddo ddod o hyd i rywun a wyddai ble roedd e, rhywun a allai ddweud wrtho beth ddylai wneud nesaf. Aros funud! Beth am ei . . .? Beth oedd yr enw arnyn nhw? Y dyn a'r ddynes oedd yn gofalu amdano? Beth oeddet ti'n eu galw nhw? Roedd gair amdanynt. Teimlai fel taro'i droed ar lawr mewn rhwystredigaeth.

Roedd methu cofio'r gair hwn am y bobl oedd yn gofalu amdano'n ddigon i wneud iddo deimlo'n drist ofnadwy. Ceisiodd eu gweld yn ei feddwl ond methodd. A fyddai e hyd yn oed yn eu hadnabod petai e'n eu gweld nhw eto? Petai e'n cwrdd â nhw nawr? Roedd hyn yn ofnadwy. Sut gallai e fod wedi mynd i'r cyflwr yma?

Wel, doedd dim pwynt aros yma yn y cae a disgwyl iddi nosi, neu i storm ddod, a fyddai hynny ddim yn hir iawn wrth ei golwg hi. Roedd yn rhaid iddo wneud rhywbeth. Roedd angen iddo fynd oddi yma. Ond pa ffordd ddylai e fynd? Trodd yn araf mewn cylch cyflawn, gan deimlo'n anobeithiol o amhendant, ond wrth iddo droi i wynebu'r coed unwaith eto, meddyliodd iddo sylwi ar rywbeth yn symud yn y pellter. Edrychodd yn fwy craff a nawr roedd e'n siŵr fod dyn yn cerdded tuag ato. Teimlai ryddhad enfawr. Roedd rhywun yn dod i'w helpu. I ffwrdd ag e'n syth i gwrdd ag ef.

Roedd hi'n amlwg fod y dyn wedi gweld Jacob ac roedd e'n cerdded yn gyflym, felly cyn pen dim o dro daeth y ddau'n nes at ei gilydd. Wrth i Jacob ei weld yn fwy clir, sylwodd fod y dyn yn gwisgo rhyw fath o iwnifform, tiwnig lwyd a throwsus llwyd, ac roedd hyn yn gysur iddo. Roedd hi'n amlwg mai rhywun mewn awdurdod oedd hwn. Byddai e'n gwybod beth i'w wneud.

Arhosodd y dieithryn pan oedd yn dal i fod gryn bellter i ffwrdd. Roedd e'n dal ac yn denau gyda gwallt tywyll byr a doedd dim gwên ar ei wyneb. Nodiodd yn gyflym pan gyrhaeddodd Jacob ef. 'Dwi wedi dod i dy nôl di,' meddai.

'Diolch,' atebodd Jacob ac roedd e o ddifrif. Roedd e wir yn teimlo'n ddiolchgar fod rhywun wedi dod i'w gasglu. Byddai rhywun arall yn cymryd y baich o geisio deall oddi arno. Byddai'r dyn yn y wisg lwyd yn gallu egluro beth oedd yn digwydd.

'Ble rydw i?' gofynnodd Jacob.

'Yn y cae,' meddai'r dyn wrtho.

'Sut cyrhaeddais i yma?'

'Paid â phoeni am hynny nawr. Tyrd gyda fi.'

'Ond alla i ddim cofio dim,' eglurodd Jacob.

'Paid â phoeni,' meddai'r dyn wrtho. 'Mae hynny'n hollol normal.'

'Beth ydych chi'n ei feddwl wrth normal?'

'Does neb byth yn cofio unrhyw beth pan fyddan nhw'n deffro yn y cae.'

'Pam felly?'

'Dyna fel mae hi, dyna i gyd. Does dim pwynt poeni am y peth. Tyrd gyda fi.' Ar hynny, trodd y dyn ar ei sawdl a dechrau cerdded yn ôl i'r cyfeiriad roedd e wedi dod.

Oedodd Jacob. Roedd e'n dechrau amau'r dyn yma. Doedd e ddim yn fodlon â'r atebion roedd e wedi'u rhoi ond allai Jacob ddim gadael iddo gerdded i ffwrdd, felly rhedodd ar ei ôl. 'I ble rydyn ni'n mynd?' gofynnodd.

'I'r afon,' atebodd y dyn.

'Pa afon?'

'Yr afon y tu draw i'r coed yna.'

'Pam rydyn ni'n mynd yno?'

'Fe weli di nawr.'

'Ond allwch chi ddim dweud wrtha i nawr?'

Ysgydwodd y dyn ei ben. 'Dyw hi ddim yn ffordd bell,' meddai. 'Bydd yn amyneddgar.' Doedd e ddim yn edrych ar Jacob wrth iddo siarad. Yn hytrach edrychai'n syth ar y rhes o goed o'u blaenau.

Edrychodd Jacob arno'n fwy craff wrth iddo gerdded, gan geisio penderfynu pa fath o berson oedd e. Oedd e'n dda? Neu'n ddrwg? Oedd hi'n ddoeth ymddiried ynddo fe? Doedd dim syniad ganddo. Roedd rhychau ar wyneb y dyn ac edrychai'n gas, fel petai'n fwy cyfarwydd â rhoi gorchmynion nag ateb cwestiynau. Ond roedd e'n edrych fel petai'n gwybod beth oedd e'n ei wneud. Beth bynnag, doedd gan Jacob ddim dewis arall. Pe na bai'n dilyn y dyn hwn, byddai'n cael ei adael ar ei ben ei hun ac allai e ddim dioddef meddwl am hynny.

Wrth iddo feddwl hyn, sylwodd Jacob ar fathodyn neu symbol ar diwnig y dyn. Roedd e'n edrych fel pen a dau wyneb iddo, y ddau'n edrych i gyfeiriadau gwahanol. Doedd e'n golygu dim iddo a chafodd ei demtio i ofyn beth oedd ei ystyr, ond roedd cymaint o gwestiynau eraill yn llenwi ei feddwl fel yr anghofiodd amdano.

Erbyn hyn roedden nhw wedi cyrraedd y coed a, heb arafu, camodd y dyn i'r goedwig a Jacob yn dynn wrth ei sodlau. Roedd y coed yn dal iawn ac yn syth, a'u boncyffion yn llyfn a thenau fel pileri. Fry uwch pen Jacob roedd y canopi dail yn cau allan yr ychydig olau oedd, felly roedd hi bron mor dywyll â'r nos yno ac yn amlwg yn oerach.

'Dydych chi ddim wedi dweud wrtha i beth yw eich enw chi,' meddai Jacob.

'Fyrsil,' atebodd y dyn. Siaradodd bron yn rhy dawel i Jacob ei glywed, fel petai'n boen iddo ryddhau'r wybodaeth hon.

'Sut gwyddech chi fy mod i'n mynd i fod yn y cae?'

'Dyna fy ngwaith i.'

'Beth yw eich gwaith chi, yn union?'

'Dy gasglu di, ar hyn o bryd.'

'Ie, ond pan na fyddwch chi'n gwneud hynny, beth rydych chi'n 'i wneud bryd hynny?'

'Dydy hynny'n ddim o dy fusnes di.'

Siaradodd yn swta, fel petai cwestiwn Jacob wedi ei sarhau. Ond pam? Roedd Jacob yn gofyn cwestiwn rhesymol, on'd oedd? Y drafferth oedd, allai e ddim bod yn siŵr beth oedd yn rhesymol oherwydd allai e ddim cofio dim. 'Edrychwch, mae'n ddrwg gen i,' meddai. 'Nid ceisio bod yn fusneslyd dwi. Dwi ddim yn deall, dyna i gyd. Dwi'n ceisio gwneud synnwyr o bethau.'

'Dwi wedi dweud wrthot ti'n barod. Bydd yn amyneddgar,' atebodd Fyrsil.

Ond allai Jacob ddim bod yn amyneddgar. 'Fe ddwedoch chi ei bod hi'n normal 'mod i'n methu cofio dim,' aeth yn ei flaen.

'Dyna ni.'

'Felly rhaid bod hynny'n golygu nad fi yw'r unig un rydych chi wedi dod o hyd iddo yn y cae.'

Daeth gwên fach sydyn dros wefusau Fyrsil. Wedyn roedd hi wedi diflannu eto. 'Mae hynny'n wir,' cytunodd. 'Nid ti yw'r cyntaf. Na'r olaf, chwaith, fyddwn i ddim yn meddwl.'

'Felly sut mae pobl yn cyrraedd yna yn y lle cyntaf?'

'Alla i ddim ateb hynny.'

'Pam lai?'

'Achos alla i ddim. Nawr gwranda, fe fyddwn ni'n dod allan yr ochr draw unrhyw funud nawr. Mae'r afon yn syth o dy flaen di wrth i ti ddod allan drwy'r coed, felly bydd yn ofalus.'

Gwelodd Jacob yn fuan fod Fyrsil yn gywir. Roedd hi'n goleuo'n barod ac roedd llai o goed. Ychydig funudau'n ddiweddarach roedden nhw yn yr awyr agored eto ac yn union o'u blaenau roedd ehangder enfawr o ddŵr brown tywyll.

Trodd Fyrsil i'r chwith a dal ati i gerdded ar hyd llwybr cul rhwng y coed a'r afon. Dim ond lle iddyn nhw fynd fesul un oedd nawr, felly dilynodd Jacob yn dynn wrth ei sodlau. Ar ei law dde, roedd y dŵr bas wedi'i dagu â brwyn a gweiriach ac roedd hi'n anodd dweud yn union lle roedd y tir sych yn gorffen a'r afon yn dechrau. Roedd pyllau llonydd wedi ymffurfio rhwng y creigiau du llyfn a godai allan o wely'r afon a'r llystyfiant trwchus ar y lan; roedd llewyrch seimllyd yn disgleirio arnyn nhw. Ond ymhellach allan roedd y dŵr yn llifo'n rhydd ac yn symud â grym cerrynt mawr.

Trodd Fyrsil ac edrych dros ei ysgwydd ar Jacob. 'Dyma ni,' meddai.

Gwelodd Jacob eu bod nhw wedi cyrraedd llwyfan cerrig oedd yn ymwthio allan i'r dŵr ryw ychydig. Roedd cwch rhwyfo pren wedi'i glymu yn y pen pellaf. Arweiniodd Fyrsil y ffordd ar hyd y llwyfan a mynd i mewn i'r cwch. Edrychodd yn ddisgwylgar ar Jacob. 'Tyrd,' meddai. 'Mae'n rhaid i ni groesi cyn iddi nosi.'

Oedodd Jacob. Doedd e ddim yn teimlo'n hollol hyderus am gamu i mewn i'r cwch. 'Ydy e'n ddiogel?' gofynnodd.

'Wrth gwrs ei fod e'n ddiogel,' meddai Fyrsil wrtho. 'Wyt ti'n meddwl y byddwn i'n mynd arno petai e ddim?'

14

Yn ofalus, camodd Jacob i'r cwch ac eistedd. Datododd Fyrsil y rhaff angori. Wedyn, gan godi'r rhwyfau, gwthiodd y cwch i ffwrdd o'r llwyfan a dechrau rhwyfo. Aeth y rhwyfau i mewn i'r dŵr a chawson nhw eu codi'n glir eto, yn fecanyddol o gyson. Ymhellach allan, nid brown oedd y dŵr bellach, ond bron yn ddu, gan adlewyrchu'r awyr borffor uwchben.

Dechreuodd Jacob feddwl unwaith eto am y dyn a'r ddynes a ofalai amdano, beth bynnag oedd eu henwau. Bydden nhw'n meddwl tybed ble roedd e nawr, teimlai'n siŵr o hynny. Bydden nhw'n poeni amdano. Roedd y syniad yma mor gryf, roedd e bron fel poen corfforol.

'Mae yna bobl sydd angen gwybod 'mod i yma,' meddai. Eto, ymdrechodd i ddod o hyd i'r gair. Yn sydyn, daeth iddo. 'Rhieni,' meddai. 'Dyna'r gair roeddwn i'n ceisio meddwl amdano. Fy rhieni. Fe ddylai rhywun ddweud wrthyn nhw. Fe fyddan nhw'n poeni.'

'Mae pawb y mae angen iddyn nhw wybod yn gwybod,' meddai Fyrsil wrtho.

'Ydych chi'n siŵr am hynny?'

'Fyddwn i ddim yn dweud hynny petawn i ddim.'

'Ond dim ond newydd ddod o hyd i mi rydych chi,' meddai Jacob. 'Wela i ddim sut gallen nhw fod wedi cael gwybod ble rydw i.'

'Edrych, ro'n i'n gwybod ble roeddet ti, on'd o'n i?'

'Oeddech.'

15

'Dyna ni, 'te. Mae popeth wedi'i wneud. Y cyfan mae'n rhaid i ti ei wneud yw peidio â phoeni a gadael i mi rwyfo'r cwch 'ma.'

Roedd hi'n amlwg nad oedd e'n mynd i roi rhagor o wybodaeth felly roedd yn rhaid i Jacob fodloni ar wylio'r coed y tu ôl iddyn nhw'n diflannu a'r lan gyferbyn â nhw'n graddol ddod yn nes. Ar ôl ychydig gallai weld adeiladau y tu draw a dechreuodd ei galon godi. 'Ydw i'n byw draw fan 'na?' gofynnodd.

Nodiodd Fyrsil. 'Pam rwyt ti'n meddwl 'mod i'n mynd â ti yno?' gofynnodd.

Dyna ryddhad! Roedd Fyrsil yn mynd ag e'n ôl i'r man lle roedd e'n byw. Cyn hir byddai'n gweld ei rieni ac efallai byddai pobl eraill oedd yn ei adnabod yno. Bydden nhw wrth eu boddau yn ei weld, siŵr o fod. Bydden nhw'n egluro popeth. Bydden nhw'n ei helpu i gofio beth oedd wedi digwydd. Am y tro cyntaf ers deffro yn y cae, dechreuodd Jacob ymlacio. Byddai'r hunllef hon ar ben cyn hir.

Eisteddodd yn ôl yn y cwch a gadael i un llaw lusgo yn y dŵr. Ond fe'i tynnodd hi allan yn syth. Roedd y dŵr yn rhewllyd oer. Ysgydwodd ei fysedd a'u rhoi o dan ei gesail i'w twymo. Gwelodd Fyrsil beth oedd e'n ei wneud a gwenodd yn gam arno unwaith eto. 'Oerach nag oeddet ti'n ei ddisgwyl?' gofynnodd.

2. LOCWS

Roedd hi bron yn dywyll pan gyrhaeddon nhw lan bella'r afon yn y pen draw, clymu'r cwch wrth risiau cerrig a dringo i ymyl y cei. Er mawr siom i Jacob doedd neb yn aros i gwrdd â nhw, dim ond ychydig o adeiladau cerrig isel o gwmpas sgwâr wyneb cobls gyda llusern egwan yn siglo'n wichlyd ar bolyn yn y canol. Arweiniodd Fyrsil y ffordd ar draws y sgwâr ac i fyny stryd gul a ddringai'n serth i ffwrdd o'r afon. Roedd yr adeiladau ar y ddwy ochr yr un fath â'r rhai oedd o gwmpas yr harbwr, wedi'u hadeiladu'n sgwâr o flociau cerrig a heb addurniadau o unrhyw fath. 'Beth yw enw'r lle 'ma?' gofynnodd Jacob.

'Locws,' meddai Fyrsil wrtho.

'Locws,' ailadroddodd Jacob. Roedd e wedi gobeithio y byddai'r enw'n swnio'n gyfarwydd ond doedd e ddim yn ysgogi unrhyw rithyn o atgof. Wedi'i siomi, prysurodd yn ei flaen wrth ochr Fyrsil.

Ar ôl rhyw bum munud, trodd Fyrsil i lawr lôn gul ac aros o flaen adeilad a oedd yn debyg iawn i'r lleill i gyd. Roedd yr un symbol roedd Jacob wedi sylwi arno ar diwnig Fyrsil wedi'i gerfio uwchben y drws. Unwaith eto meddyliodd tybed beth oedd ei ystyr.

'Dyma ni,' cyhoeddodd Fyrsil.

Daliodd Jacob ei wynt. A fyddai'i rieni'n disgwyl amdano? Agorodd Fyrsil y drws ac i mewn â nhw.

Un ystafell hir oedd y tu mewn i'r adeilad gyda gwelyau wedi'u gosod yn rhesi taclus ar bob ochr. Roedd bechgyn tua'r un oedran â Jacob yn eistedd neu'n gorwedd ar y gwelyau a sylwodd eu bod nhw i gyd yn gwisgo iwnifform lwyd fel un Fyrsil. Wrth i'r ddau gamu i'r ystafell, tawelon nhw a throi i edrych i'w cyfeiriad.

Chymerodd Fyrsil ddim sylw ohonyn nhw. 'Y ffordd yma,' meddai wrth Jacob a'i arwain rhwng y rhesi o welyau tan iddyn nhw ddod at un gwag. 'Dyma dy wely di,' meddai. Wedyn, heb aros am ateb, trodd a cherdded allan o'r ystafell.

Roedd Jacob eisiau galw ar ei ôl, 'Arhoswch! Dydych chi ddim wedi egluro unrhyw beth.' Ond roedd hi'n rhy hwyr. Roedd y drws wedi cau ac roedd wedi'i adael yn sefyll wrth y gwely. Gallai deimlo llygaid y bechgyn eraill i gyd arno a doedd e ddim yn siŵr a oedden nhw'n falch o'i weld. Teimlai donnau o siom yn golchi drosto. Roedd e wedi aros y tu allan gyda Fyrsil, yn hollol siŵr y byddai ei rieni y tu ôl i'r drws. Yn lle hynny roedd e wedi cerdded i mewn i ystafell yn llawn o ddieithriaid.

'Beth yw dy enw di?' gofynnodd y bachgen â gwallt coch ar y gwely nesaf. Roedd e'n swnio'n ddigon cyfeillgar.

'Jacob.'

'Tudur dwi. Ddeffraist ti yn y cae?'

'Do.'

'Ro'n i'n meddwl yn siŵr mai dyna ddigwyddodd. Wyt ti'n cofio unrhyw beth cyn i ti ddeffro?'

Roedd Jacob yn meddwl bod Tudur yn edrych yn graff iawn arno wrth iddo ofyn hyn. Ysgydwodd ei ben. 'Nac ydw.'

Daeth ochenaid o siom oddi wrth bawb drwy'r ystafell.

Meddyliodd Jacob yn sydyn. 'Ddeffroch chi yn y cae hefyd?' gofynnodd.

Nodiodd Tudur. 'Dyna ddigwyddodd i bawb yma.'

'Beth yw enw'r lle 'ma?' gofynnodd Jacob.

'Locws.'

'Ie, dwi'n gwybod hynny. Ond pam ydyn ni yma, ydych chi'n gwybod hynny?'

'Rydyn ni yma achos ei bod hi'n rhaid i ni fod yn rhywle,' meddai llais arall. Edrychodd Jacob i gyfeiriad y siaradwr a gweld bachgen tal, cydnerth â gwallt trwchus, du. Roedd e'n gorweddian ar ei wely ym mhen draw'r ystafell ac roedd yr olwg ar ei wyneb yn awgrymu bod cwestiynau Jacob yn boendod iddo.

'Ond beth am . . .' Unwaith eto, gwylltiodd Jacob wrth iddo chwilio am y gair cywir. 'Beth am y lle roedden ni cyn i ni ddeffro yn y cae? Lle mae ein rhieni ni. Alla i ddim cofio'r gair amdano fe.'

'Gartref,' meddai Tudur.

Rhedodd ochenaid arall oddi wrth bawb drwy'r ystafell wrth iddo yngan y gair.

'Ie,' meddai Jacob. 'Dyna ti, gartref. Ro'n i'n meddwl mai dyna lle roedd Fyrsil yn dod â fi.'

'Mae pawb bob amser yn meddwl hynny,' meddai'r bachgen tal. 'Rydyn ni'n cael yr un drafodaeth bob tro mae rhywun newydd yn cyrraedd.'

'Dydy e ddim yn gwybod hynny, ydy e?' meddai Tudur. 'Newydd gyrraedd mae e. Paid â bod mor gas.'

Agorodd y bachgen tal ei geg i ateb ond torrwyd ar ei draws gan sŵn a aeth drwy'r adeilad, yn atseinio yn yr awyr o'u cwmpas nhw a boddi popeth arall. Yn syth dechreuodd pawb godi a mynd yn rhes drwy'r drws.

'Beth yw e?' gofynnodd Jacob.

'Cloch swper,' meddai Tudur wrtho. 'Dere, fe ddangosa i i ti ble i fynd.'

Arweiniodd Tudur y ffordd allan o'r adeilad a gwelodd Jacob fod y stryd y tu allan, a oedd yn wag pan gyrhaeddodd gyntaf, yn fyw o fechgyn a merched, a phob un yn mynd i'r un cyfeiriad.

'Paid â chymryd unrhyw sylw o Steffan,' meddai Tudur wrth iddyn nhw ymuno â'r dyrfa.

'Pa un yw e?'

'Y bachgen tal â'r gwallt tywyll ddwedodd ein bod ni bob amser yn dweud yr un peth bob tro mae rhywun newydd yn cyrraedd. Dydy e ddim wir yn bwriadu bod yn anghyfeillgar. Mae e ychydig yn rhyfedd, dyna i gyd.'

'Ym mha ffordd?'

'Ym mhob ffordd. Wnaiff e ddim ymuno yn y gêm atgofion, er enghraifft.'

'Y gêm atgofion. Beth yw honno?'

'O, rhywbeth rydyn ni'n ei wneud i basio'r amser. Fe gei di weld wedyn. Edrych, dyma ni. Dyma'r ffreutur.'

Roedden nhw wedi bod yn gwneud eu ffordd drwy gyfres o lonydd cul a nawr gwelodd Jacob eu bod nhw wedi cyrraedd sgwâr coblog arall. Yn y canol roedd adeilad carreg anferth ac o'i gwmpas roedd heidiau o fechgyn a merched oedd yn ciwio i fynd drwy'r mynedfeydd ar bob un o'r pedair ochr.

Arweiniodd Tudur ef tuag at un o'r rhain ac ymunon nhw â'r ciw.

'Ers pryd rwyt ti wedi bod yma?' gofynnodd Jacob wrth iddyn nhw symud ymlaen yn araf.

Gwgodd Tudur. 'Dwi ddim yn siŵr,' atebodd. 'Rwyt ti'n colli cyfrif ar amser ar ôl ychydig. Fi oedd y diwethaf i ymuno â'n hystafell wely ni – hynny yw, cyn i ti gyrraedd. Felly dwi'n gwybod sut deimlad yw sefyll ynghanol yr ystafell a phawb yn edrych arnat ti. Ond paid â phoeni, maen nhw i gyd yn iawn yn y bôn.'

Roedd Jacob wedi'i siomi'n fawr o glywed ei ateb. Roedd y ffaith nad oedd e fel petai'n gwybod am ba mor hir roedd e wedi bod yno'n awgrymu y gallai fod wedi bod yno ers amser hir iawn – dyddiau ar ddyddiau. Mwy na dyddiau. Ond allai Jacob ddim cofio'r gair am gyfnodau hirach o amser. Roedd y ffordd ddidaro roedd Tudur yn sôn am y peth yn tristáu Jacob yn fwy na'r ffaith ei fod wedi bod yno am gyfnod hir. Roedd hi'n union fel petai Tudur wedi dod yn gyfarwydd â'r syniad o fyw yno. Wel, doedd Jacob ddim yn bwriadu gwneud hynny. Roedd e'n bwriadu mynd oddi yno a mynd yn ôl adref, lle roedd e'n perthyn. Meddyliodd tybed pam oedd pawb arall ddim yn teimlo'r un fath.

Edrychodd o'i gwmpas ar y ciwiau yn nadreddu o bob un o bedair ochr yr adeilad a meddyliodd tybed faint o bobl oedd yma. 'Sawl ystafell wely sydd?' gofynnodd.

'Dwi ddim yn siŵr,' meddai Tudur. 'Llawer. Nid dyma'r unig ffreutur chwaith.'

Erbyn hyn roedden nhw wedi cyrraedd y drysau dwbl yr oedd eu ciw nhw'n mynd drwyddyn nhw i'r ffreutur. Sylwodd Jacob ar y symbol dauwynebog cyfarwydd wedi'i gerfio uwchben y drws. 'Beth yw ystyr hwnna?' mynnodd.

'Dwi ddim yn gwybod chwaith,' atebodd Tudur. 'Ond mae e ym mhobman.'

'Dwyt ti ddim wedi gofyn i neb?'

Ysgydwodd Tudur ei ben. 'Pan fyddi di'n cyrraedd gyntaf, rwyt ti'n llawn cwestiynau,' meddai, 'ond wedyn, ar ôl tipyn, rwyt ti'n dod yn gyfarwydd â phethau ac rwyt ti'n rhoi'r gorau i feddwl amdanyn nhw.'

Roedden nhw wedi mynd drwy'r drysau nawr a gallai Jacob weld cannoedd o fechgyn a merched yn eistedd wrth fyrddau oedd wedi'u trefnu'n rhesi. Roedd bron pob un ohonyn nhw'n gwisgo'r un iwnifform lwyd heblaw am ambell unigolyn, fel fe, yma a thraw yn gwisgo dillad gwahanol. Wrth un bwrdd roedd merch mewn siwmper goch yn amlwg. Wrth i Jacob edrych yn fwy gofalus gwelodd fod yr un staeniau brown afreolaidd ar ei dillad hi â'r rhai roedd e wedi sylwi arnyn nhw ar ei ddillad ei hun. Ar yr union eiliad honno cododd ei llygaid o'i bwyd a gwelodd ei fod e'n syllu arni. Am rai eiliadau, edrychodd y ddau i fyw llygaid ei gilydd, a meddyliodd Jacob ei fod yn gweld yr un dryswch anobeithiol ar ei hwyneb hi ag roedd e'n ei deimlo ei hunan.

Sylwodd Tudur ar ble roedd e'n syllu. 'Rhywun arall newydd,' meddai.

Erbyn hyn roedden nhw wedi cyrraedd blaen y ciw. Wrth agoriad y tu ôl i gownter roedd tair dynes mewn iwnifform yn rhannu plateidiau o ryw sylwedd gwyn nad oedd Jacob yn ei adnabod. Roedden nhw i gyd yn edrych mor debyg – yn welw gyda gwallt tywyll byr a gwefusau tenau – fel y gallen nhw fod yn chwiorydd. Meddyliodd am ofyn iddyn nhw rai o'r cwestiynau oedd yn llenwi'i ben, ond roedd dwsinau o bobl yn y ciw y tu ôl iddo yn disgwyl eu tro, a beth bynnag, roedd yr olwg wag ar wyneb y menywod yn ei ddigaloni. Ceisiodd dynnu sylw'r un oedd yn rhoi ei blât iddo ond roedd hi'n edrych drwyddo rywsut, fel pe na bai'n ei weld o gwbl mewn gwirionedd. Cymerodd ei gyfran o fwyd, codi cyllell a fforc a dilyn Tudur draw at un o'r byrddau. 'Beth yw e?' gofynnodd. Gwasgodd gyllell arno ac fe gododd yn ôl ryw fymryn, fel sbwng.

'Dwi ddim wir yn gwybod,' meddai Tudur. 'Dyna rydyn ni'n ei gael yma.'

'Beth, bob dydd?'

'Ie.'

'Dwyt ti ddim yn blino arno fe?'

Cododd Tudur ei ysgwyddau. 'Dyw e ddim cynddrwg â hynny, wir,' meddai. Torrodd ddarn i ffwrdd a'i roi yn ei geg.

Gwnaeth Jacob yr un peth, yn ansicr. Roedd e'n anodd ei gnoi ac yn hallt, heb fod yn flasus nac yn ddi-flas. Ond er bod eisiau bwyd arno, hen orchwyl diflas oedd ei fwyta.

Rai byrddau i ffwrdd gwelodd y ferch yn y siwmper goch yn cario'i phlât i'w osod ar bentwr o lestri brwnt yn erbyn y wal. Meddyliodd e tybed beth oedd ei barn hi am y pryd bwyd. Ond efallai nad oedd wedi bod yn rhyfedd iddi hi. Efallai mai bwyd cyffredin oedd hwn nad oedd e'n ei gofio. Ond rywfodd roedd e'n amau hyn. Teimlai fod y stwff gwyn fel sbwng yma yn unigryw i Locws. Roedd hynny'r un peth â phopeth arall yma.

Trodd yn ôl at Tudur. 'Pam nad wyt ti'n gadael?' gofynnodd. 'Hynny yw, does dim clo ar ddrws yr ystafell wely, oes e? A does neb yn dy wylio di drwy'r amser. Fe allet ti gerdded allan o'ma.'

'Sut medri di adael os nad wyt ti'n gwybod i ble rwyt ti eisiau mynd?' atebodd Tudur.

'Ond rwyt ti'n gwybod dy fod ti eisiau mynd adref,' dadleuodd Jacob, 'ac mae hynny'n ddechrau.'

Wrth iddo ddweud hyn, eisteddodd Steffan wrth eu hymyl. 'Wyt ti'n dal i siarad am fynd adre?' gofynnodd.

'Wrth gwrs fy mod i,' meddai Jacob. 'Dyna lle dylwn i fod nawr, nid yma.'

'Sut rwyt ti'n gwybod bod gartre'n lle mor wych?' gofynnodd Steffan. 'Wyt ti'n gallu cofio unrhyw beth amdano fe mewn gwirionedd?'

'Dwi'n gwybod sut dwi'n teimlo pan fydda i'n meddwl amdano fe,' atebodd Jacob yn heriol.

'Dyw hynny ddim yr un peth,' meddai Steffan. 'Dwi'n gwybod sut dwi'n teimlo am fwyd pan fydd eisiau bwyd arna i ond wedyn, pan fydd rhywun yn rhoi plât o'r stwff yma i mi, dwi'n teimlo'n wahanol.'

'Oherwydd nad bwyd go iawn yw hwn, dyna pam,' anghytunodd Jacob.

'Wyt ti'n siŵr o hynny?'

'Dwi ddim yn siŵr o ddim byd.'

'Yn union,' meddai Steffan. Roedd e'n edrych yn fodlon â'i hunan.

'Pam rwyt ti mor awyddus i amddiffyn y lle 'ma?' gofynnodd Jacob.

'Dwi ddim yn ei amddiffyn e, dwi'n gweld pethau fel maen nhw, dyna i gyd. Dyma lle rwyt ti a man a man i ti dderbyn y peth. Fyddi di byth yn mynd adref, Jacob. Does neb byth yn mynd adref o fan hyn.'

Siaradodd â sicrwydd oeraidd ond doedd Jacob ddim yn barod i roi'r gorau i'w obeithion. 'Wyt ti'n gwybod i ble'r aeth Fyrsil?' gofynnodd i Tudur.

Ysgydwodd Tudur ei ben. 'All neb fyth ddod o hyd iddo oni bai ei fod e eisiau i hynny ddigwydd. Fel arfer mae e'n dod â rhywun newydd, a dyna i gyd.'

'Pwy sy'n gyfrifol am y lle 'ma, felly?' gofynnodd Jacob.

Cododd Tudur ei ysgwyddau. 'Neb,' meddai.

'Rhaid bod rhywun.'

'Wel, dwi ddim yn gwybod pwy yw e.'

'Beth am y menywod sy'n gweini'r bwyd? Rhaid eu bod nhw'n gwybod pwy sy'n gyfrifol.'

'Does dim pwynt gofyn dim iddyn nhw,' meddai Steffan.

'Pam lai?'

'Dydyn nhw ddim yn siarad.'

Trodd Jacob at Tudur. 'Ydy hynny'n wir?'

Nodiodd Tudur. 'Does neb erioed wedi'u clywed nhw'n yngan gair.'

'Wel, dwi'n mynd i aros yma tan y byddan nhw wedi gorffen gweini,' cyhoeddodd Jacob, 'Wedyn dwi'n mynd i weld drosof i fy hunan.'

'Fe fyddi di'n aros am dipyn go lew, 'te,' meddai Steffan gan godi a mynd â'i blât gwag gyda fe. 'Fe wela' i di'n ôl yn yr ystafell wely.'

'Pam mae'n rhaid iddo swnio mor falch o'i hunan drwy'r amser?' gofynnodd Jacob, ar ôl i Steffan fynd.

'Dyna sut mae e'n ymdopi, dyna i gyd,' atebodd Tudur. 'Mae'n debyg mai dyna sy'n gweithio iddo fe.'

'Wel, mae'n dân ar fy nghroen i,' meddai Jacob. Edrychodd draw ar y ciw am yr agoriad lle roedd e wedi casglu ei fwyd.

Roedd e'n dal i ymestyn ar hyd y ffreutur i gyd ac allan drwy'r drysau dwbl. Roedd Steffan yn iawn am un peth: roedd e'n mynd i orfod aros yn hir. 'Does dim rhaid i ti aros yma gyda fi,' meddai Jacob. 'Does dim gwahaniaeth gen i aros ar fy mhen fy hun.'

'Popeth yn iawn,' meddai Tudur wrtho. 'Does dim byd arall gen i i'w wneud. Beth bynnag, fyddet ti byth yn dod o hyd i'r ffordd yn ôl i'r ystafell wely ar dy ben dy hunan.'

Roedd hynny'n wir. Doedd Jacob ddim wedi meddwl am hynny. Aeth cryd drosto wrth feddwl am fod ar goll unwaith eto. 'Diolch,' meddai.

Cymerodd hi amser hir i'r ciw fyrhau ond o'r diwedd, pan oedd dim ond llond dwrn o blant yn aros i gael eu gweini, cododd ac ymuno â nhw. Daeth Tudur gyda fe.

'Dwyt ti ddim erioed wedi ceisio siarad â'r menywod yma?' gofynnodd Jacob wrth iddyn nhw symud ymlaen yn amynedd-gar.

'Nac ydw.'

'Pam lai?'

'Fe roddodd Steffan gynnig arni'r diwrnod y cyrhaeddais i yma.'

'Steffan?'

'Ie. Roeddwn i'n eistedd yn y ffreutur ac fe'i gwelais i fe'n mynd atyn nhw a dweud rhywbeth ond atebon nhw ddim felly dechreuodd e weiddi arnyn nhw.'

'Beth ddigwyddodd?'

'Dim byd. Chymeron nhw ddim sylw.'

'Ro'n i'n meddwl bod Steffan yn hoffi bod yma.'

'Fyddwn i ddim yn dweud hynny,' meddai Tudur. 'Dwi'n credu'i fod e wedi dod yn gyfarwydd â'r lle, dyna i gyd, fel y gweddill ohonon ni.'

Erbyn hyn dim ond un neu ddau o bobl oedd o flaen Jacob. Arhosodd iddyn nhw gael eu bwyd. Wedyn daeth ei dro ef. Estynnodd y ddynes agosaf ato blât iddo. Ysgydwodd Jacob ei ben. 'Dwi wedi bwyta'n barod,' meddai. 'Dwi eisiau gwybod pwy sy'n gyfrifol, dyna i gyd.'

Ni ymatebodd y ddynes o gwbl. Y cyfan wnaeth hi oedd dal i estyn y plât gyda'r ciwb gwyn fel sbwng o fwyd dienw arno.

'Dwi ddim eisiau bwyd,' meddai Jacob wrthi. 'Dwi eisiau siarad â Fyrsil.'

Roedd ei hwyneb yn dal heb unrhyw fynegiant.

Trodd Jacob at y ddynes nesaf ati. 'Plîs,' meddai. 'Dwi eisiau siarad â Fyrsil, neu os nad yw e yma, gyda rhywun arall mewn awdurdod.'

Ond yn lle ateb, y cyfan wnaeth yr ail ddynes oedd estyn plât arall o fwyd.

'Edrychwch, dwi ddim eisiau bwyd!' meddai Jacob wrthi. 'Dwi eisiau siarad â rhywun.'

Fel ei chydweithwraig, ni ddangosodd hi ei bod hi wedi ei ddeall e o gwbl.

Daeth ton o rwystredigaeth dros Jacob. Cymerodd y plât a'i daflu ar y llawr lle torrodd yn deilchion. Aeth y ffreutur yn hollol dawel a throdd pob llygad i edrych arno.

Rhoddodd Tudur ei law ar ysgwydd Jacob. 'Gad i ni fynd yn ôl i'r ystafell wely,' meddai.

Eiliad yn ddiweddarach, llithrodd drws i lawr, gan selio'r agoriad, a diflannodd y menywod y tu ôl iddo.

Yn ôl yn yr ystafell wely roedd y bechgyn yn eistedd neu'n gorwedd ar eu gwelyau, yn union fel roedden nhw pan gyrhaeddodd Jacob gyntaf. Edrychodd Steffan i gyfeiriad Jacob wrth iddo fe a Tudur wneud eu ffordd drwy'r rhesi o welyau. Arhosodd Jacob iddo wneud rhyw sylw pigog. Roedd e'n barod i ddweud wrth Steffan yn union beth roedd e'n feddwl ohono. Ond dim ond codi ei aeliau wnaeth Steffan, ystum a allai fod wedi golygu unrhyw beth.

Pan gyrhaeddodd Jacob ei wely, daeth o hyd i bentwr o ddillad yno; pyjamas, dillad isaf ac iwnifform lwyd. Hefyd roedd sebon, tywel a phethau ymolchi eraill.

'Pwy roddodd y rhain fan hyn?' mynnodd, gan edrych o'i gwmpas ar weddill yr ystafell.

Cododd un neu ddau o bobl eu hysgwyddau. 'Fe ddaeth rhywun â nhw pan aethon ni i'r ffreutur,' meddai Steffan wrtho. 'Dyna sut mae hi yma. Mae popeth yn digwydd pan nad wyt ti'n edrych.'

'Dwi ddim am wisgo hon,' meddai Jacob, gan ddal yr iwnifform o'i flaen.

Ddwedodd neb ddim byd.

Yn fuan ar ôl swper, pylodd y goleuadau yn yr ystafell wely'n sydyn. Roedd hi'n ymddangos mai dyna'r arwydd iddyn nhw baratoi i fynd i'r gwely. Cododd y bechgyn a mynd drwy ddrws ym mhen draw'r ystafell wely oedd yn arwain at ystafell ymolchi. Er gwaetha'r ffaith mai dim ond ychydig oriau oedd wedi mynd heibio ers iddo fod yn cysgu, sylweddolodd Jacob ei fod wedi llwyr ymlâdd. Felly er iddo ddilyn y lleill i'r ystafell ymolchi, roedd e'n rhy flinedig i ffwdanu i gael cawod. Yn hytrach golchodd ei wyneb, mynd yn ôl i mewn i'r ystafell wely, gwisgo ei byjamas a dringo i mewn i'r gwely. Ychydig yn ddiweddarach diffoddodd y goleuadau'n llwyr.

Roedd Jacob ar fin llithro i drwmgwsg pan gafodd ei ddeffro gan lais Tudur o'r gwely nesaf. 'Pwy sy'n mynd i ddechrau?' gofynnodd.

Dechrau beth? meddyliodd Jacob, ond bron ar unwaith dechreuodd llais o ben arall yr ystafell wely. 'Dwi'n cofio chwarae â phêl.'

Cyn gynted ag y clywodd y geiriau hyn daeth delwedd i feddwl Jacob. Ynddi roedd e'n edrych i lawr ar ei draed ac yno, ar y llawr o'i flaen, roedd pêl. Un ddu a gwyn oedd hi ac roedd e ar fin ei chicio. Roedd y ddelwedd mor fyw fel y bu bron iddo golli ei wynt.

'Do'n i ddim yn gwybod ble roeddwn i,' aeth y bachgen yn ei flaen, 'ond roedd glaswellt a llaid ac roedd hogiau eraill yno hefyd. Roedden nhw'n gweiddi arna i ond doedden nhw ddim yn flin. Gêm oedd hi.' Oedodd. 'Dyna i gyd,' gorffennodd.

Eiliad yn ddiweddarach dechreuodd llais arall. 'Dwi'n cofio sefyll wrth y tân.' Unwaith eto daeth darlun i feddwl Jacob.

Gallai weld y fflamau melyn yn symud yn ôl a blaen, tafodau o dân. 'Roedd mwg,' aeth y siaradwr yn ei flaen, 'a dwi'n cofio fy mod i'n hoffi ei arogl.'

'Dwi'n cofio ci,' meddai trydydd llais. 'Fy nghi i oedd e, dwi'n meddwl, a dwi'n cofio rhoi mwythau iddo fe. Ro'n i'n falch ohono fe achos ei fod e newydd wneud rhywbeth. Dwi ddim yn cofio beth. Ond roedd y ci'n falch hefyd.' Yn nychymyg Jacob roedd ci mawr brown yn edrych i fyny arno, ei dafod pinc yn hongian allan yn awyddus, a'i geg wedi'i hymestyn yn wên fawr o bleser.

Wedi hynny aeth hi'n dawel am ychydig. Yna siaradodd Tudur eto. 'Oes unrhyw un arall eisiau cofio rhywbeth?'

'Pam nad ewch chi i gyd i gysgu?' meddai llais Steffan.

'Wyt ti'n cofio unrhyw beth, Jacob?' gofynnodd Tudur, gan anwybyddu Steffan.

Roedd Jacob bron â thorri ei fol eisiau dweud ei fod e. Byddai wedi bod wrth ei fodd petai e'n gallu meddwl am lun fel y lleill. Ond doedd dim yn ei ben heblaw hiraeth am ei gartref. Wedyn cofiodd am y teimlad roedd e wedi'i gael yn y cae. 'Alla i ddim cofio unrhyw beth, wir,' meddai. 'heblaw, mae gen i'r teimlad yma 'mod i wedi colli rhywbeth. Nid dim ond fy nghof. Rhywbeth arall, ond dwn i ddim beth oedd e.'

'Mae pawb yn teimlo hynny,' meddai Tudur wrtho.

'O.' Teimlai Jacob yn siomedig. Roedd e wedi gobeithio y gallai hyn olygu rhywbeth pwysig ond roedd hi'n ymddangos nad oedd e'n ddim byd arbennig wedi'r cyfan.

'Does dim ots,' meddai Tudur wrtho. 'Mae pethau'n dod yn ôl ar ôl ychydig. Ddim popeth, wrth gwrs. Dim ond manylion bach bob hyn a hyn.'

'I bawb?' gofynnodd Jacob.

'I bawb,' meddai Tudur yn bendant.

Ochneidiodd Jacob a chau ei lygaid. Doedd hynny'n ddim byd mawr, ond o leiaf roedd e'n rhywbeth i edrych ymlaen ato.

3. Y CAEAU CERRIG

Cafodd Jacob ei ddeffro gan y gloch y bore canlynol. Cododd ar ei eistedd yn y gwely, wedi drysu'n llwyr i ddechrau, ond yna daeth digwyddiadau'r diwrnod blaenorol yn ôl iddo. Gallai gofio popeth ers iddo ddeffro yn y cae. Ond cyn hynny roedd yr un twll anferthol.

Estynnodd am ei ddillad; roedd e wedi'u gadael ar waelod y gwely, ond doedd dim sôn amdanyn nhw. 'Pwy sy wedi mynd â 'nillad i?' mynnodd, gan edrych yn grac o gwmpas yr ystafell wely.

'Y gweision,' meddai Tudur wrtho.

'Pwy ydyn nhw?'

'Maen nhw fel y menywod sy'n gweini'r bwyd. Maen nhw'n cadw'r lle'n daclus ond fydd neb byth yn eu gweld nhw.'

'Dyna boendod!' meddai Jacob. 'Dwi eisiau fy nillad fy hun yn ôl. Dwi ddim eisiau gorfod gwisgo'r iwnifform yma.'

Ond doedd dim dewis. Roedd yr iwnifform yn ei ffitio'n berffaith ond doedd hynny'n ddim cysur.

'Rwyt ti'n anghofio sylwi ar dy ddillad ar ôl tipyn,' meddai Tudur wrtho.

'Wna i ddim.'

Roedd brecwast yn union yr un fath â swper, heblaw ei fod yn cynnwys cwpanaid o ryw ddiod boeth lliw brown oedd rywsut yn blasu'n frown hefyd. Wrth iddo fwyta, chwiliodd Jacob yn ddiog am y ferch yn y siwmper goch ond doedd dim sôn amdani. Meddyliodd tybed a oedd hithau hefyd wedi deffro a gweld bod ei dillad wedi'u cymryd yn ystod y nos.

'Felly beth sy'n digwydd nawr?' gofynnodd Jacob ar ôl iddyn nhw orffen eu pryd bwyd.

'Rydyn ni'n mynd i gasglu cerrig,' meddai Tudur wrtho.

'Beth mae hynny'n 'i olygu?'

'Mae bws yn dod ac yn mynd â ni allan o'r dref i'r caeau casglu cerrig ac yna mae'n rhaid i ni lenwi basgedi â cherrig.'

Doedd Jacob ddim yn gallu gwneud llawer o synnwyr o'r ateb yma. Doedd e ddim yn siŵr beth oedd bws – rhywbeth i'w wneud â theithio, roedd e'n siŵr o hynny. A basged – ai rhywbeth i gario pethau oedd hi? Penderfynodd fod Tudur yn dweud wrtho y bydden nhw'n cael eu cludo i rywle er mwyn gorfod gweithio ac roedd hynny'n swnio'n amheus iddo fe.

'Rhaid i ni gasglu ein pecynnau cinio'n gyntaf,' meddai Tudur eto. Arweiniodd y ffordd draw i'r man lle roedd cannoedd o flychau bach wedi'u gosod ar fyrddau ar un ochr i'r ffreutur. Rhoddodd un i Jacob. Roedd e'n llwyd, fel popeth arall yn y lle yma, bron, ac o ddefnydd cryf a hyblyg. Agorodd Jacob y clawr, oedd ar golfach, a gweld potel fach wydr o hylif gwyrdd a rhywbeth wedi'i lapio mewn papur. Rhagor o'r stwff gwyn fel sbwng roedden nhw newydd ei fwyta oedd e.

'Dyma'r unig beth ry'n ni'n 'i gael?' gofynnodd Jacob.

'Ie, mae arna i ofn,' meddai Tudur wrtho. 'Dere, fe fydd y bws yn disgwyl amdanon ni.'

Wrth iddyn nhw gerdded yn ôl i'r ystafelloedd gwely, meddyliodd Jacob am y gwaith casglu cerrig roedd Tudur wedi'i ddisgrifio. Roedd e'n swnio fel gwaith caled. 'Beth os wyt ti ddim eisiau mynd?' gofynnodd.

'Dyw hynny ddim yn syniad da.'

'Pam?'

'O achos yr ysbrydion.'

'Ysbrydion?' Roedd ystyr frawychus i'r gair, roedd Jacob yn siŵr o hynny.

'Mae'r lle 'ma'n llawn ohonyn nhw,' meddai Tudur wrtho. 'Fe weli di hynny os arhosi di ar ôl.'

Roedd Jacob eisiau gofyn rhagor, ond roedden nhw'n ôl yn yr ystafell wely erbyn hyn a'r tu allan, yn aros ar y stryd, roedd y bws. Sylweddolodd e beth oedd e ar unwaith. Roedd e'n fawr, yn llwydlas ei liw gyda rhesi o seddi i deithwyr, ac roedd y rhan fwyaf o'r bechgyn o'r ystafell wely arno'n barod.

'Dwi wedi bod yn un o'r rhain o'r blaen,' meddai Jacob, yn gyffrous oherwydd y ffordd roedd e'n dechrau cofio geiriau yn gyflym.

'Wel, man a man i ni fynd i mewn,' awgrymodd Tudur.

Oedodd Jacob. Doedd e ddim yn siŵr a oedd hyn yn syniad da ai peidio. Ond roedd y bechgyn eraill yn mynd ac wedyn roedd Tudur wedi sôn am ysbrydion, beth bynnag oedden nhw. Beth bynnag, byddai'n rhaid bod rhywun yn gyfrifol yn y caeau codi cerrig, rhywun oedd yn trefnu'r gwaith. Dyna wnaeth iddo benderfynu. Aeth ar y bws gyda Tudur.

Dynes ifanc oedd yn gyrru, yn llai difrifol yr olwg na'r rhai oedd wedi gweini'r bwyd. Edrychodd ar Jacob wrth iddo ddringo i mewn i'r bws a gwenu sydyn arno. 'Newydd gyrraedd?' gofynnodd.

Wel, o leiaf roedd hi'n gallu siarad. Wedi'i galonogi fel hyn, eisteddodd yn agos ati. 'Fe gyrhaeddais i neithiwr,' meddai wrthi.

'Fe ddoi di'n gyfarwydd â phethau.'

'Dwi ddim eisiau dod yn gyfarwydd â phethau,' atebodd. 'Dwi eisiau mynd adref.'

'Ble mae dyngartref 'te?' gofynnodd hi iddo.

'Dwi ddim yn gwybod.'

'Does dim llawer o obaith gyda ti o gyrraedd yno, 'te,' atebodd hi.

'Dwi eisiau dod o hyd i rywun sy'n gyfrifol,' meddai Jacob. 'Pwy sy'n dweud wrthoch chi i ble i yrru bob bore?'

'Dwi wedi bod yn dod yma ers i mi gofio,' atebodd hi.

'Ond rhaid bod rhywun wedi dweud wrthoch chi am ddod yma yn y lle cyntaf.'

'Wel, wrth gwrs hynny.'

'A phwy oedd hwnnw?'

'Fyrsil.'

'Dyna pwy dwi eisiau ei weld,' mynnodd Jacob. 'Allwch chi ddweud wrtha i sut i ddod o hyd iddo fe?'

Ysgydwodd ei phen. 'Nid ti sy'n dod o hyd i Fyrsil. Fe sy'n dod o hyd i ti.' Trodd tuag at gefn y bws. 'Ydy pawb yma?' gofynnodd.

'Pawb yma,' galwodd rhywun yn ôl.

Taniodd yr injan a dechreuodd y bws symud.

Gyrron nhw drwy strydoedd cul y dref, rhwng adeiladau cerrig llwyd unffurf diddiwedd, gan deithio i ffwrdd o'r afon roedd Jacob a Fyrsil wedi'i chroesi'r diwrnod cynt. Ar y ffordd ymunodd nifer o fysus eraill gyda nhw hyd nes bod rhes ohonyn nhw'n araf wneud eu ffordd allan o'r dref.

O'r diwedd cyrhaeddon nhw gyrion Locws ac yn raddol gwelsant dir agored yn lle'r adeiladau. Ychydig iawn o lystyfiant oedd yma, dim ond ambell goeden fach a llwyni'n cydio'n dynn wrth y tir hesb, caregog. Ond ar ôl ychydig sylwodd Jacob ar res o gytiau pren bob ochr i'r heol. Roedd tir wrth ymyl y cytiau hyn wedi'u marcio'n sgwariau â rhaffau ac roedd bechgyn a merched yn gweithio y tu mewn i'r sgwariau, er na allai e weld yn union beth roedden nhw'n ei wneud. Ond doedden nhw ddim wedi mynd yn llawer pellach cyn i'r bws ddod i stop wrth ymyl un o'r cytiau hyn. Diffoddodd y gyrrwr yr injan. 'Dyma ni,' gwaeddodd. 'Pawb oddi ar y bws.'

Y tu mewn i'r cwt roedd hen ŵr a gwallt gwyn yn aros amdanyn nhw. Wrth ei ochr roedd pentwr o bethau roedd Jacob bellach yn sylweddoli mai basgedi oedden nhw. Rhoddodd pob un o'r bechgyn ei becyn cinio i'r dyn, cymryd un o'r basgedi a gwneud ei ffordd draw i'r tir wedi'i hamgáu â rhaff gerllaw.

'Ydy Fyrsil o gwmpas?' gofynnodd Jacob.

Edrychodd y dyn â llygaid glas llachar ar Jacob, gan syllu'n graff arno am gryn amser cyn ysgwyd ei ben.

'Dwi eisiau gwybod pryd galla i fynd adref,' aeth Jacob yn ei flaen.

'Dwi ddim yn gwybod dim byd am hynny,' meddai'r dyn wrtho. 'Dwi yma i ofalu bod y cerrig yn cael eu casglu, dyna i gyd.' Rhoddodd fasged i Jacob.

Dilynodd Jacob y lleill yn benisel. Roedd y tir yma'n frith o gerrig mân ac roedd hi'n ymddangos mai ei waith ef oedd llenwi'r basgedi â cherrig, eu cario i ymyl y llain o dir i'w gwacáu, a dechrau o'r dechrau eto. Roedd y bechgyn eraill fel petaen nhw wedi mynd i rythm y gwaith yn barod.

Aeth Jacob draw at Tudur. 'Beth yw diben hyn?' gofynnodd.

'Rydyn ni'n clirio'r ardal yma fel y gallan nhw adeiladu rhagor o ystafelloedd gwely,' meddai Tudur wrtho. 'O leiaf dyna beth mae Berith yn ei ddweud.'

'Pwy yw Berith?'

'Yr hen ddyn.'

Plygodd Jacob, codi ychydig o gerrig a'u rhoi yn ei fasged. 'Mae hyn yn ddiflas,' meddai.

'Fe ddoi di'n gyfarwydd ag e,' meddai Tudur wrtho.

'Dyna rwyt ti'n ei ddweud am bopeth.'

'Ie?'

'Ie. Beth bynnag, dwi ddim am ei wneud e. Wela i ddim pam y dylwn i.'

'Mae'n rhaid i ti,' meddai Tudur wrtho.

'Nac oes ddim 'te.' Rhoddodd y fasged i lawr ac eistedd ar y llawr.

Y peth nesaf, roedd e'n codi carreg ac yn ei gollwng hi yn y fasged. Cafodd fraw o weld ei hunan yn gwneud hyn, ac ymsythodd. Eiliad yn ôl roedd e wedi bod yn eistedd ar y llawr, yn benderfynol o beidio â gwneud unrhyw waith. Ond dyma lle roedd e'n casglu cerrig fel pawb arall. Sut ddigwyddodd hynny? Doedd e ddim yn cofio codi ar ei draed a dechrau eto. Rywfodd neu'i gilydd mae'n rhaid ei fod wedi methu canolbwyntio. Wedi drysu, rhoddodd e'r fasged i lawr eto, eistedd ar y llawr a phlethu ei freichiau.

Edrychodd draw i gyfeiriad y cwt a sylwi'n sydyn fod Berith yn syllu'n syth arno. Hyd yn oed o bellter, roedd Jacob yn teimlo'n anghyfforddus wrth i Berith rythu arno. Trodd i wynebu'r ffordd arall. Roedd angen cynllun, meddai wrtho'i hun. Doedd dim pwynt gofyn am siarad â rhywun oedd yn gyfrifol. Roedd hi'n amlwg nad oedden nhw'n mynd i adael iddo wneud hynny. Felly beth oedd e'n mynd i'w wneud am y peth? Plygodd, codi carreg arall a'i rhoi yn y fasged.

Beth oedd e'n ei wneud?

Ymsythodd eto. Sut digwyddodd hynny? Doedd e ddim yn cofio sefyll, codi'r fasged ac ailddechrau gweithio ond dyma lle roedd e, yn llenwi ei fasged fel y lleill i gyd. Ac o ystyried y ffaith fod nifer o gerrig yn y gwaelod, rhaid ei fod e wedi bod wrthi ers cryn amser.

Dechreuodd amau fod yr hyn a ddwedodd Tudur wrtho yn llythrennol wir. Doedd dim dewis ganddo ond casglu cerrig oherwydd bob tro roedd e'n stopio, roedd rhywbeth neu rywun yn newid ei benderfyniad. Edrychodd i gyfeiriad Berith. Roedd yr hen ddyn wedi rhoi'r gorau i syllu arno. Serch hynny, allai Jacob ddim peidio ag amau fod Berith ynghlwm wrth hyn; roedd rhywbeth am ei lygaid a awgrymai ei fod yn gwybod beth oedd ar eich meddwl. Trodd Jacob ei gefn arno.

Penderfynodd ganolbwyntio ar geisio cael ei gof yn ôl. Petai e ond yn gallu cofio beth roedd e wedi bod yn ei wneud cyn iddo gwympo i gysgu yn y cae. Petai e ond yn gallu cofio hynny, yna mae'n siŵr y byddai'n gallu gweithio'n ôl o'r fan honno. Sut roedd e wedi cyrraedd y cae yn y lle cyntaf? Dyna'r cwestiwn. Plygodd, codi carreg arall a'i gollwng i'r fasged.

Dyna fe eto!

Wedi gwylltio'n llwyr, trodd y fasged ben i waered a gwagio'r cerrig ar y llawr. Wedyn trodd a syllu'n heriol i gyfeiriad Berith. Ond roedd yr hen ddyn wedi mynd i mewn i'r cwt. Edrychodd Jacob o'i gwmpas am Tudur a gwelodd ei fod ar ymyl y llain lle roedden nhw'n gweithio, yn gwagio'i fasged. Aeth draw ato.

'Dwi'n ceisio stopio o hyd,' meddai Jacob wrtho. 'Ac yna, cyn i mi wybod ble rydw i, dwi'n casglu cerrig unwaith eto.'

Nodiodd Tudur yn llawn cydymdeimlad. 'Mae hi'n well bwrw ymlaen â'r gwaith,' meddai. 'Dim ond blino fyddi di fel arall. Fe weli di hynny ar ôl ychydig.'

Roedd e'n gywir, wrth gwrs. Cyn hir, roedd Jacob wedi penderfynu nad oedd pwynt gwrthsefyll. Doedd dim gwahaniaeth sawl tro roedd e'n penderfynu nad oedd e'n mynd i weithio, cyn pen dim o dro byddai'n codi cerrig eto ac yn eu rhoi yn y fasged.

'Os wyt ti ddim yn ceisio'i ymladd e, mae hi'n haws meddwl,' meddai Tudur wrtho, wrth iddyn nhw weithio ochr yn ochr.

'Am beth rwyt ti'n meddwl?' gofynnodd Jacob.

'Dwi'n ceisio cofio pethau, gan fwyaf,' atebodd Tudur.

'Wyt ti'n llwyddo?

'Weithiau. Pan nad ydw i'n ymdrechu gormod. Mae'n rhaid i ti adael i dy feddwl grwydro, os wyt ti'n deall.'

Nodiodd Jacob. Roedd e'n meddwl ei fod e'n deall beth roedd Tudur yn ei olygu ond doedd hynny ddim yn hawdd achos roedd yr un meddyliau'n rhedeg drwy ei feddwl dro ar ôl tro. Beth roedd e'n ei wneud yn y cae? Beth oedd wedi digwydd i'w gof? A sut roedd e'n mynd i fynd adref?

Ganol dydd daeth Berith draw atyn nhw, gan gario'r pecynnau bwyd.

Rhoddodd pob un ei fasged i lawr yn syth, cymryd ei ginio ac eistedd ar y llawr. Teimlai Jacob yn siŵr i Berith edrych arno'n fwy craff nag ar bawb arall wrth iddo roi ei becyn cinio iddo ond ddwedodd e ddim byd.

'Dwi ddim yn hoffi'r hen ddyn 'na,' meddai Jacob. 'Mae e'n codi arswyd arna i.'

'Mae e'n iawn,' meddai Tudur. 'Rwyt ti'n . . .'

'. . . dod yn gyfarwydd ag e,' gorffennodd Jacob y frawddeg drosto. 'Dwi'n gwybod. Ond fe ddweda i gymaint â hyn wrthot ti, dwi ddim yn credu y bydda i byth yn dod yn gyfarwydd â'r bwyd yma.' Tynnodd ei ddarn o'r stwff gwyn fel sbwng allan a dechrau bwyta. 'Gofiaist ti rywbeth tra roeddet ti'n gweithio'r bore 'ma?' gofynnodd.

Ysgydwodd Tudur ei ben. 'Doeddwn i ddim yn gallu ymgolli'n iawn rywsut,' meddai. 'Mae'n rhaid i ti ollwng gafael ar dy holl feddyliau eraill i gyd ond y bore 'ma allwn i ddim gwneud hynny.'

Agorodd Jacob y botel o hylif gwyrdd a chymryd joch. Roedd yn blasu'n siarp ac yn torri syched ond gadawai flas chwerw ar ei ôl. 'Dwi ddim yn dod yma yfory,' cyhoeddodd.

Edrychodd Tudur yn amheus. 'Fe fyddi di'n difaru,' meddai.

'Na fyddaf 'te,' meddai Jacob wrtho. 'All yr ysbrydion 'na roeddet ti'n sôn amdanyn nhw byth fod yn waeth na gwneud hyn drwy'r dydd.'

'Na allan? Pam rydyn ni i gyd yn dod allan yma bob dydd, felly?' atebodd Tudur.

'Achos eich bod wedi dysgu ei dderbyn e, dyna pam,' meddai Jacob yn ddirmygus. 'Dyw hynny ddim yn mynd i ddigwydd i mi. Dwi eisiau mynd o'ma a mynd adref a dwi ddim yn mynd i anghofio hynny.'

Ar ôl ychydig ymddangosodd Berith eto a dweud wrthyn nhw fod amser cinio ar ben. Rhoddon nhw eu pecynnau bwyd gwag iddo fe a dechrau gweithio eto yn casglu cerrig.

Roedd hi'n haws i Jacob yn y prynhawn. Efallai mai oher-wydd ei fod wedi rhoi'r gorau i wrthsefyll oedd hynny, fel roedd Tudur wedi awgrymu. Ar ôl ychydig, gwelodd ei fod e, fel y lleill, wedi mynd i ryw rythm, gan blygu i godi carreg, sythu i'w gollwng hi yn y fasged, a phlygu i lawr eto. Gydag amser dechreuodd ei symudiadau rheolaidd leddfu'r cwestiynau diddiwedd oedd yn llenwi ei feddwl a dechreuodd boeni llai am sut y gallai ddianc. A dyna pryd y cofiodd e rywbeth. Daeth darlun i'w feddwl. Yn y darlun roedd e'n penlinio, yn plygu dros rywbeth, rhyw fath o becyn, ac roedd e'n rhwygo'r papur oedd wedi'i lapio o'i gwmpas. Roedd e'n teimlo'n gyffrous am y pecyn oherwydd roedd e'n siŵr y byddai'n cynnwys rhyw-beth gwirioneddol dda. Yn sydyn gwyddai beth roedd e'n ei wneud: agor anrheg, anrheg ben-blwydd. Ond yn syth, roedd y ddelwedd wedi mynd, fel swigen yn byrstio. Ond roedd hynny'n ddigon. Cododd ar ei draed a rhedeg draw at Tudur. Fe gofiais i rywbeth,' meddai'n gyffrous. 'Fe gofiais i rywbeth.'

'Paid â dweud wrtha i,' meddai Tudur wrtho. 'Cadw fe tan heno ar ôl i'r golau ddiffodd. Wedyn fe allwn ni i gyd ei glywed e.'

Nodiodd Jacob. Roedd e wrth ei fodd â'r syniad. Heno byddai ganddo fe rywbeth i'w gyfrannu i'r gêm atgofion. Ac am y tro gallai fwynhau pob manylyn o'i atgof. Am weddill y prynhawn, gwenodd wrtho'i hunan wrth weithio.

4. YSBRYDION

Penderfynodd Jacob wrth fwyta brecwast na fyddai e'n mynd i'r caeau casglu cerrig eto. Os oedd y lleill eisiau blino'n lân, popeth yn iawn. Ond, allai e ddim gweld unrhyw reswm da pam y dylai ymuno â nhw. Doedd e'n sicr ddim yn mynd i ddysgu unrhyw beth oddi wrth Berith. Roedd yr hen ŵr yn codi arswyd arno. Byddai hi'n llawer gwell iddo aros yn yr ystafell wely tan i'r bws fynd, yna mynd i chwilio i weld beth allai ddysgu am y ffordd roedd pethau wedi'u trefnu yma. Efallai y byddai'n gallu dod o hyd i Fyrsil, hyd yn oed.

Dwedodd wrth Tudur am ei benderfyniad.

Roedd Tudur wedi bod yn cnoi ei frecwast yn fân ac yn aml. Nawr arhosodd ei ên yn llonydd a daeth golwg bryderus i'w wyneb. 'Fyddwn i wir ddim yn gwneud hynna petawn i yn dy le di,' meddai.

'Ond dwyt ti ddim yn fy lle i, wyt ti?' meddai Jacob. Cafodd ei demtio i ychwanegu ei fod e'n berson gwahanol iawn i Tudur, nad oedd e'n berson oedd yn derbyn sefyllfa heb ei herio. Ond soniodd e ddim am hynny. Roedd e'n hoffi Tudur a doedd e ddim eisiau bod yn gas wrtho. Ond wedi dweud hynny, yn ei farn ef roedd Tudur, a'r lleill hefyd, yn llawer rhy barod i roi'r ffidl yn y to wrth weld y rhwystr cyntaf. Byddai dianc o'r lle hwn yn gofyn am benderfyniad ac er na allai Jacob gofio llawer iawn amdano'i hunan, gwyddai un peth: roedd e'n berson penderfynol.

Roedd Tudur yn dal i edrych yn bryderus arno. 'Beth am yr ysbrydion?' gofynnodd.

'Beth yw'r ysbrydion, yn union?' gofynnodd Jacob. 'Hynny yw, dwi'n gwybod mai rhywbeth brawychus ydyn nhw, ond alla i ddim cofio llawer mwy amdanyn nhw.'

'Meirwon sy'n dod yn ôl yn fyw ydyn nhw,' meddai Tudur wrtho.

Doedd Jacob ddim yn hoffi clywed hyn. Gallai deimlo pob math o atgofion amhleserus yn symud o dan arwyneb ei gof. Meirwon oedd yn dod yn ôl yn fyw – sut bydden nhw'n ymddwyn? Fydden nhw eisiau i chi ymuno â nhw yn rheng-oedd y meirwon? Fydden nhw'n ceisio eich lladd chi? Oedd pethau gwaeth na marwolaeth? 'Oes unrhyw un wedi'u gweld nhw?' gofynnodd.

'Mae rhai pobl wedi'u gweld nhw, dim ond wedi'u clywed nhw mae eraill,' meddai Tudur wrtho.

'Ond chawson nhw mo'u brifo?'

Ysgydwodd Tudur ei ben.

'Felly beth yw'r holl ffws a ffwdan?'

'Dwn i ddim,' meddai Tudur. 'Dwi erioed wedi ceisio dod i wybod. Yr unig beth dwi'n ei wybod yw hyn: ar ôl iddyn nhw ddod ar draws yr ysbrydion, does neb byth eisiau ail-fyw'r y profiad.'

'Ie, wel, dwi ddim eisiau ail-fyw'r profiad o gasglu cerrig chwaith,' meddai Jacob. 'Ro'n i wedi cyffio i gyd pan ddeffrais i'r bore 'ma. Roedd pob cyhyr yn fy nghorff yn gwynegu. A phaid â dweud wrtha i y bydda i'n dod yn gyfarwydd ag e, achos dwi ddim yn bwriadu gwneud hynny.'

'O'r gorau,' atebodd Tudur. Cododd ei ysgwyddau. 'Fe gei di benderfynu. Beth oeddet ti'n ei feddwl am y gêm atgofion neithiwr?' ychwanegodd, gan newid y pwnc.

'Roedd hi'n dda,' meddai Jacob. A dweud y gwir, doedd 'da' ddim yn air digonol i ddisgrifio'r delweddau a'r teimladau roedd y gêm atgofion wedi'u deffro yn ei feddwl. Sylweddolodd ei fod eisoes yn edrych ymlaen at ei chwarae hi'r noson honno.

Tudur oedd wedi dechrau, yn union fel y noson flaenorol, ond y tro hwn roedd gan Jacob atgof i'w rannu â'r gweddill ac aeth e ati'n syth i ddweud wrthyn nhw. Wrth iddo ei ddisgrifio, roedd y ddelwedd wedi tyfu'n gryfach yn ei feddwl felly roedd hi bron fel petai'n byw'r atgof unwaith eto. Am eiliad gallai weld yr ystafell lle roedd y cyfan wedi digwydd, teimlo llygaid ei rieni'n ei wylio a synhwyro pleser eu disgwyliadau. Ar y carped o'i flaen roedd pentwr bach o anrhegion o bob lliw a llun, pob un wedi'i lapio mewn papur gwahanol. Plygodd ymlaen a chodi'r anrheg ar ben y pentwr, gan rwygo'r papur yn ddiofal. Teimlai'n siŵr y byddai'n cynnwys yr union beth roedd e ei eisiau ac roedd yn llawn hapusrwydd oedd mor llwyr a naturiol, wnaeth e ddim meddwl am y peth hyd yn oed, wnaeth e ddim sylweddoli pa mor lwcus oedd e, wnaeth e

47

ddim cydio yn y pleser ac ebychu'n uchel. Bachgen yn dathlu ei ben-blwydd oedd e, dyna i gyd, ac roedd popeth yn mynd fel roedd e'n ei ddisgwyl. Roedd ganddo hawl i fod yn hapus. Dyna sut roedd e'n teimlo.

Wedyn roedd y ddelwedd wedi mynd.

'Trueni na alla i gofio rhagor,' meddai. 'Mae e mor rhwystredig.'

'Fel yna mae hi bob amser,' atebodd Tudur. 'Dim ond darnau bach rwyt ti'n eu cofio, ond mewn ffordd mae hynny'n eu gwneud nhw'n fwy gwerthfawr, os wyt ti'n deall. Beth bynnag, mae'n bryd i ni fynd yn ôl i'r ystafell wely.'

'Cer di'n ôl,' meddai Jacob wrtho. 'Fe arhosa i fan hyn am dipyn. Dwed wrth y lleill nad ydw i'n dod, wnei di? A phan fydd y gyrrwr yn gofyn a yw pawb ar y bws, dwed eu bod nhw. Fe alli di ddweud dy fod ti'n meddwl i mi fynd ar y bws o dy flaen di, os bydd rhywun yn gofyn wedyn.'

'Wyt ti'n siŵr nad wyt ti'n mynd i newid dy feddwl?'

'Dwi'n bendant.'

'O'r gorau.' Cododd Tudur ar ei draed. 'Pob lwc,' meddai.

Gwyliodd Jacob ef yn mynd. Wedyn arhosodd wrth i'r dyrfa yn y ffreutur wasgaru. Meddyliodd am y penderfyniad roedd e wedi'i wneud ac roedd hi'n gysur clywed gan Tudur nad oedd neb wir wedi cael eu brifo gan yr ysbrydion. Roedd e'n poeni mwy, er ei fod e'n hollol benderfynol, y gallai e fynd yn ôl i'r ystafell wely a dringo ar y bws, yn union fel roedd e wedi bod yn casglu cerrig yn erbyn ei ewyllys y diwrnod blaenorol.

Teimlai e'n hynod amlwg, yn eistedd wrth y ford ar ei ben ei hun yn y ffreutur prysur a phlât gwag o'i flaen. Ond, gorfododd ei hunan i aros tan i'r rhan fwyaf o bobl fynd. Wedyn cododd a mynd allan o'r adeilad yn araf.

Doedd dim angen iddo boeni. Doedd dim sôn am y bws pan gyrhaeddodd yn ôl ac roedd yr ystafell wely'n wag. Gan deimlo'n falch â'i hunan, gorweddodd ar ei wely. Cyn bo hir, penderfynodd, fe fyddai'n mynd allan ac yn edrych o gwmpas, ond yn gyntaf fe fyddai'n aros yn dawel, tan fod dim perygl y byddai rhywun yn ei ddarganfod a'i roi ar fws arall.

Penderfynodd fod angen iddo wneud cynllun achos po fwyaf roedd e'n meddwl am y peth, y mwyaf sicr roedd e nad oedd neb yma'n mynd i'w helpu e. Felly os oedd e'n mynd i ddianc o fan hyn byth, byddai angen iddo ddibynnu ar ei allu ei hun.

Wrth iddo feddwl hyn y dechreuodd Jacob ddod yn ymwybodol o'r sŵn. Roedd e mor dawel fel nad oedd e'n siŵr i ddechrau ai fe oedd wedi'i ddychmygu e. Cododd ar ei eistedd yn y gwely, gan wrando'n astud. Na, dyna fe eto. Y tro hwn roedd e'n sicr. Roedd e'n swnio fel rhywun yn sibrwd. Edrychodd e o gwmpas yr ystafell wely i gyd, er ei fod e'n gwybod yn iawn nad oedd neb arall yno. Wedyn cododd a mynd i edrych yn yr ystafell ymolchi. Cerddodd heibio i ddrysau pob un o'r toiledau, gan syllu i mewn. Roedd y lle'n hollol wag a doedd unman lle y gallai rhywun fod yn cuddio. Rhaid ei fod e wedi dychmygu'r peth, meddai wrtho'i hun.

Roedd stori Tudur am y meirwon a ddaeth yn ôl yn fyw wedi ei roi ar bigau'r drain, dyna i gyd. Aeth yn ôl i'r ystafell wely, gorwedd ar ei wely a cheisio canolbwyntio ar ei gynllun i ddianc.

Ond cyn gynted ag y gwnaeth hynny, clywodd y sŵn eto. Y tro hwn roedd e'n uwch ac, yn bendant, rhywun yn sibrwd oedd e.

Cododd ar ei eistedd mewn braw. 'Pwy sy 'na?' gwaeddodd.

'Jacob,' meddai llais menyw. Nawr roedd e mor glir â phetai'r siaradwr yn ei wynebu. Dwedodd hi ei enw mewn ffordd oedd yn swnio fel cyhuddiad, fel petai e wedi ei siomi hi mewn rhyw ffordd, neu fel petai hi'n meddwl mai fe oedd yn gyfrifol am wneud rhywbeth drwg. Ac am ryw reswm na allai ei ddeall, teimlai Jacob ryw ymdeimlad o euogrwydd yn symud y tu mewn iddo.

'Pwy ydych chi?' mynnodd.

'Jacob,' ailadroddodd llais y ddynes.

'Dwi yma!' meddai Jacob. 'Beth ydych chi eisiau?'

Ond yn lle ateb dechreuodd y siaradwr anweledig grio'n ddistaw.

Roedd hyn yn waeth i Jacob na'i chlywed hi'n galw ei enw. 'Beth sy'n bod?' gwaeddodd.

Dim ond mynd yn gryfach wnaeth y crio.

'Plîs peidiwch â gwneud 'na,' meddai Jacob. Roedd y crio fel petai'n cyffwrdd â rhywbeth yn ddwfn y tu mewn iddo, clwyf agored doedd e ddim wedi sylweddoli oedd ganddo. Teimlai fel petai rhyw ran gudd, hynod sensitif o'i hunan yn cael ei throi a'i rhwygo gan grio'r fenyw. 'Plîs peidiwch â chrio!' ymbiliodd.

Ond chymerodd y fenyw ddim sylw. Tyfodd y sŵn crio'n gryfach eto ac yn fwy dirdynnol hyd nes bod yr holl alar fel petai'n llenwi'r ystafell wely gyfan.

'Peidiwch!' gwaeddodd Jacob. Rhoddodd ei ddwylo am ei glustiau ond wnaeth hynny ddim gwahaniaeth. Gallai glywed y crio mor eglur â phetai yn ei ben ei hun.

Roedd yn rhaid iddo fynd allan o'r ystafell wely. Allai e ddim dioddef hyn am eiliad yn rhagor. Rhedodd allan o'r ystafell a thawodd y crio'n syth. Rhoddodd ochenaid anferth o ryddhad. Roedd y cyfan ar ben. Mewn munud byddai'n ystyried beth oedd ei ystyr ond yn gyntaf gadawodd i'w hunan ymlacio a gadael i'r profiad arswydus lithro ymaith.

Rhaid mai un o'r ysbrydion roedd Tudur wedi sôn amdanyn nhw oedd e. Wel roedd e'n gywir pan ddwedodd e ei fod yn brofiad ofnadwy. Doedd e ddim yn brofiad y byddai Jacob byth eisiau ei ailadrodd. Ond roedd hi'n ymddangos y byddai'n saff ond iddo aros y tu allan i'r ystafell wely. Roedd hynny'n rhyw-beth i fod yn ddiolchgar amdano. Crwydrodd am ychydig i lawr y ffordd ac eistedd ar wal gerrig isel, er mwyn ceisio pwyllo ychydig.

Edrychodd i fyny ar yr awyr. Roedd e'r un lliw â llechen wedi'i golchi. Roedd mymryn o haul gwelw yn y golwg y tu ôl i'r cymylau llwydlas, ond doedd e ddim yn cynhesu'r ddaear o gwbl. Crynodd Jacob ryw ychydig. Mewn munud byddai'n codi a mynd am dro hir, penderfynodd. Ond yn gyntaf roedd angen iddo bwyllo.

Llais pwy oedd e? Dyna'r cwestiwn oedd yn llenwi ei feddwl. Ac roedd e'n siŵr ei fod e'n adnabod y llais yn rhywle ym mhellafion ei gof. Ac roedd y siaradwr yn sicr wedi'i adnabod e, neu o leiaf roedd hi wedi dweud ei enw, er nad oedd hi wedi cymryd sylw o'i ymgais e i siarad â hi. Yn wir, roedd hi wedi ymddwyn fel petai hi'n methu â'i glywed e.

Wrth iddo feddwl hyn, cododd rhywbeth ofn arno. Ymsyth-odd ac edrych o'i gwmpas. Oedd e wedi dychmygu'r peth, neu ai dyna'r un sibrwd roedd e wedi'i glywed yn yr ystafell wely? Gwrandawodd yn ofalus.

'Jacob.'

O na! Doedd e ddim yn dechrau eto, doedd bosib. Ddim yn yr awyr agored. Cododd ar ei draed, wrth i ymdeimlad erchyll o banig gydio ynddo.

'Jacob.' Roedd e'n uwch y tro hwn, yn llawn poen a chwerwder. Eto daeth yr ymdeimlad poenus ei fod e'n adnabod y llais a'r sicrwydd ei fod e rywsut yn gyfrifol am ddioddefaint y siaradwr.

'Pwy ydych chi?' mynnodd. 'Dwedwch beth yw eich enw chi.'

Ond anwybyddodd y fenyw ei gais. Yn hytrach, unwaith eto, dechreuodd hi grio, yn dawel i ddechrau ond yn gryfach wrth i'r eiliadau fynd heibio. Edrychodd Jacob o'i gwmpas yn wyllt. I ble gallai fynd nawr i ddianc rhag y sŵn?

Roedd y crio fel petai'n llenwi'r awyr mor bwerus â'r gloch oedd yn eu galw i swper bob noson. Roedd e'n disgwyl i bobl ruthro allan o'r drysau i weld beth oedd y ffws a'r ffwdan. Ond ddaeth neb i'r golwg. Roedden nhw i gyd wedi gadael am y caeau casglu cerrig. Roedd e ar ei ben ei hun mewn tref wag, yn cael ei boenydio gan fenyw oedd fel petai'n ei feio am ryw drosedd ofnadwy.

Sylweddolodd e mai dyna roedd ysbrydion yn ei wneud. Roedden nhw'n poenydio pobl. A fyddai e'n cael ei boenydio gan y fenyw hon weddill ei ddyddiau? Roedd sŵn diddiwedd ei galar yn rhwygo'i feddwl a'i gorff fel y dechreuodd deimlo'n sâl. Cododd y bwyd roedd e wedi'i fwyta'n gynharach i'w gorn gwddf a blasodd gyfog yn ei geg. 'Peidiwch!' sgrechiodd.

Ond pheidiodd y crio ddim. Yn hytrach, er mawr ddryswch i Jacob, daeth sŵn arall hefyd na allai Jacob ei adnabod i ddechrau: sŵn chwyrnu a hymian a ddaeth yn gryfach o hyd, nes iddo sylweddoli'n sydyn beth oedd e. Roedd y bws yn dod yn ôl. Eiliad yn ddiweddarach ymddangosodd o gwmpas tro yn y ffordd a daeth i stop wrth ei ochr. Yn sydyn, peidiodd y crio.

Gan hisian awyr, hedfanodd drysau'r bws ar agor. Edrych-odd y gyrrwr arno. Yr un fenyw oedd hi â'r un oedd wedi siarad ag e'r diwrnod blaenorol. Gwenodd yn llawn cydymdeimlad. 'Gollaist ti'r bws y bore 'ma?' gofynnodd.

Nodiodd Jacob.

'Paid â phoeni, fe alla i fynd â ti yno o hyd. Neidia i mewn.'

Heb oedi am eiliad, camodd Jacob ar y bws. Rywsut roedd e'n teimlo'n siŵr mai dyma'r unig ffordd i ddianc rhag y crio. Caeodd y drysau y tu ôl iddo a dechreuodd y bws symud.

'Clywais i fenyw yn galw fy enw ac yn crio'n uchel,' meddai Jacob, wrth iddyn nhw yrru i fyny'r bryn a arweiniai allan o'r dref. 'Roedd hi'n gwrthod cymryd sylw pan geisiais i siarad â hi.'

Nodiodd y gyrrwr. 'Mae'r dref 'ma'n llawn ysbrydion,' meddai wrtho.

'Ro'n i'n teimlo 'mod i'n ei hadnabod hi,' meddai Jacob. 'Ro'n i'n teimlo fy mod i'n adnabod ei llais. Ac roedd hynny'n gwneud y peth yn waeth, rywsut.'

Dim ond nodio eto wnaeth y gyrrwr, fel petai hi wedi clywed yr un stori sawl gwaith o'r blaen.

'Ydych chi wedi'i chlywed hi erioed?' gofynnodd Jacob.

Ysgydwodd hi ei phen. 'Mae pob un yn clywed ei leisiau ei hunan,' atebodd.

Ar ôl hynny roedd hi'n gwrthod dweud rhagor, er i Jacob geisio ei holi hi ymhellach. Yn y pen draw rhoddodd e'r ffidl yn y to a syllu allan o'r ffenest wrth i adeiladau llwyd y dref ildio i dirlun llwm y caeau casglu cerrig.

O'r diwedd arhoson nhw wrth y man lle roedd y bechgyn o ystafell wely Tudur yn gweithio. Ar ôl i'r bws aros yn stond, estynnodd y gyrrwr y tu ôl iddi am rywbeth a'i roi i Jacob. Gwelodd mai pecyn cinio oedd e. Cymerodd e'r pecyn yn ddiolchgar oherwydd, wrth gwrs, doedd e ddim wedi dod ag un o'r ffreutur.

'Croeso,' meddai hi.

Doedd hi ddim fel petai'n syndod i Berith fod Jacob yn hwyr. Cymerodd y pecyn bwyd oddi wrtho a rhoi basged iddo heb ddweud gair, gan adael Jacob i grwydro a mynd at y lleill.

'Paid â dweud 'fe ddwedais i wrthot ti',' meddai Jacob pan ddaeth o hyd i Tudur yn gweithio mewn cornel ar ei ben ei hun.

Ond doedd Tudur ddim yn berson i glochdar mai fe oedd yn iawn. Yn hytrach edrychai e'n llawn cydymdeimlad. 'Ai'r ysbrydion oedden nhw?' gofynnodd.

Nodiodd Jacob. 'Fe allwn i glywed rhywun yn crio,' meddai, 'yn yr ystafell wely'n gyntaf ac yna allan ar y stryd. Allwn i ddim dioddef y peth.'

'Does neb yn gallu' meddai Tudur wrtho.

Wedi hynny buon nhw'n casglu cerrig gyda'i gilydd mewn tawelwch ac, er ei fod yn waith caled, roedd rhywbeth amdano'n rhoi cysur iddo. Wrth iddo blygu, codi carreg, ymsythu a'i rhoi yn y fasged, dro ar ôl tro ar ôl tro, dechreuodd Jacob feddwl am y gyrrwr bws. Oedd pecyn cinio sbâr yn digwydd bod ganddi ar y bws? Neu oedd hi wedi disgwyl dod o hyd iddo ar y ffordd, mor falch o gael rhywun i'w achub o'r sefyllfa druenus? Po fwyaf roedd e'n meddwl am y peth, y mwyaf tebygol roedd hi'n ymddangos ei bod hi'n gwybod y byddai e yno, ei bod hi wedi dod â phecyn cinio sbâr gan wybod y byddai angen un arno. Maen nhw un cam ar y blaen i mi drwy'r amser, meddyliodd e wrtho'i hunan. Maen nhw'n gwybod beth dwi'n mynd i'w wneud nesa'n barod. Roedd hynny'n ei boeni. Byddai'n rhaid iddo wneud yn llawer gwell na hyn neu byddai fel pawb arall yn y pen draw, yn dod yn gyfarwydd â phethau.

5. Y FERCH YN YR IARD

Er ei fod yn benderfynol o beidio â derbyn bywyd yn Locws, gwelodd Jacob fod y dyddiau'n llithro heibio heb iddo sylwi mewn gwirionedd. Bob bore byddai'n codi gyda'r bechgyn eraill, yn cael brecwast ac yna'n mynd ar y bws i'r caeau casglu cerrig. Bob nos byddai'n dod yn ôl, yn cael swper ac yn mynd i'r gwely.

Un noson, wrth iddo orwedd yn ei wely'n llithro i gysgu, meddyliodd tybed sawl diwrnod yn union roedd e wedi bod yno. Er mawr siom iddo, sylweddolodd nad oedd e'n siŵr. Ai un deg tri, un deg pedwar, neu un deg pump hyd yn oed? Ceisiodd feddwl am rywbeth gwahanol oedd wedi digwydd bob diwrnod. Y diwrnod roedd e wedi deffro yn y cae, y diwrnod yr aeth i gasglu cerrig gyntaf, y diwrnod y clywodd e'r ysbrydion, ond wedi hynny roedden nhw i gyd yn toddi'n un.

Ceisiodd wahaniaethu rhyngddyn nhw drwy feddwl am yr atgofion roedd y bechgyn eraill yn yr ystafell wely wedi siarad amdanyn nhw. Un noson roedd Ifor, bachgen bach gwelw oedd ag ychydig o atal dweud arno, wedi siarad am redeg i lawr bryn yn yr eira. Noson arall roedd Aled, bachgen â llygaid disglair a gwallt roedd e bob amser yn ei symud oddi ar ei dalcen, wedi sôn am lithro ar hyd llawr pren sgleiniog yn ei sanau. Ond efallai bod y ddau yma wedi digwydd ar yr un noson. Allai e ddim bod yn siŵr.

Doedd ef ei hunan ddim wedi ymuno yn y gêm atgofion ers y noson y disgrifiodd agor anrheg pen-blwydd, oherwydd doedd e ddim wedi cofio am unrhyw atgof newydd. Roedd e wedi gwrando'n genfigennus wrth i'r bechgyn eraill ddisgrifio manylion y bywydau roedden nhw wedi'u gadael ar ôl ac roedd e wedi ysu am gymryd rhan. Ond roedd dyddiau wedi mynd heibio heb i unrhyw ddarnau o'r byd roedd e wedi'i golli ddatgelu eu hunain iddo. Wrth feddwl am hyn, aeth i gysgu gan deimlo siom oedd yn dod mor gyfarwydd â'r iwnifform lwyd roedd e'n ei gwisgo bob dydd.

Roedd haul melyn yn disgleirio o awyr las lachar ac roedd e'n sefyll mewn rhyw fath o dir anial. Roedd coed a llwyni o'i gwmpas ond roedden nhw'n edrych fel petai neb yn gofalu amdanyn nhw, fel petaen nhw wedi'u gadael i dyfu'n wyllt. Dafliad carreg i ffwrdd roedd ffens weiren, wedi'i phlygu rywfaint mewn un man lle roedd rhywun yn amlwg wedi dringo drosti, ac ar ben y ffens hon roedd aderyn. Wyddai Jacob ddim pa fath o aderyn oedd e ond roedd e'n ymddangos fel petai'n edrych arno o un llygad craff.

Wrth iddo ei wylio, agorodd yr aderyn ei big a dechrau canu. Roedd ei gân mor berffaith fel ei bod hi'n cyrraedd craidd ei enaid, nes ei fod yn teimlo nad oedd dim byd arall yn bwysig. Yr eiliad honno meddyliodd pa mor hardd oedd y byd ac roedd e'n falch o fod yn rhan ohono, yn dyst i gân y creadur oedd yn ymddangos mor ddibwys, ond oedd yn gallu cael effaith mor ddofn arno. Roedd e'n ymwybodol, ar yr un pryd, fod y wybodaeth hon yn ddarganfyddiad pwysig, a bod angen iddo weithredu arni. Ond doedd e ddim yn deall beth roedd yn rhaid iddo ei wneud.

Wedyn fe ddeffrodd.

Roedd yr ymdeimlad o golled a gafodd wrth ddeffro a sylweddoli ei fod yn gorwedd yn y gwely yn yr ystafell wely yn Locws bron â'i lethu. Diflannodd cân yr aderyn a'r ddealltwriaeth a ddaeth gyda hi oddi wrtho, fel dŵr yn cael ei arllwys ar dywod. Yn eu lle roedd teimlad dwfn o wacter.

Wedyn, gorweddodd yn effro yn y tywyllwch am amser hir, gan wrando ar anadlu cyson y bechgyn eraill a meddwl tybed beth allai ystyr y freuddwyd fod. Roedd y wawr bron â thorri pan aeth i gysgu eto. Y tro hwn chafodd e ddim breuddwyd a phan ddeffrodd y bore canlynol dim ond atgof dryslyd oedd ganddo o'r weledigaeth a gafodd yn nyfnder nos.

Y bore hwnnw roedd hi'n digwydd bod yn ddiwrnod gorffwys. Un diwrnod o bob saith, doedd dim rhaid i'r bechgyn fynd i gasglu cerrig a hwn oedd y trydydd diwrnod gorffwys ers iddo gyrraedd. Roedd y cyntaf wedi dod pan oedd e wedi bod yno am dri diwrnod, yr ail saith niwrnod yn ddiweddarach a nawr hwn. Golygai hynny ei fod e wedi bod yma un deg saith o ddiwrnodau i gyd, gan gyfrif heddiw. Felly doedd e ddim wedi dyfalu'n gywir unwaith y noson flaenorol. Sylweddolodd e hyn wrth iddo ddod yn ôl o gael brecwast gyda Tudur. O hyn ymlaen penderfynodd gadw cyfrif cywir. Efallai y byddai'n marcio rhiciau ar ei wely. Byddai'n dod â charreg finiog yn ôl o'r caeau casglu cerrig er mwyn marcio.

Yn ôl yr hyn a welai ef, roedd y bechgyn eraill yn treulio'u diwrnodau gorffwys yn gwneud dim byd, heblaw am orwedd ar eu gwelyau'n syllu i'r gwagle, wedi ymgolli yn eu meddyliau eu hunain. Efallai eu bod nhw'n mynd dros yr atgofion oedd ganddyn nhw, yn eu caboli cymaint fel eu bod yn disgleirio'n llachar fel gemau mewn cwpwrdd gwag. Wrth feddwl am hyn, cafodd ei atgoffa am ei freuddwyd ryfedd a disgrifiodd yr hyn y gallai ei gofio i Tudur. 'Beth yw ystyr hynny, tybed?' gofynnodd.

'Mae'n swnio fel atgof,' awgrymodd Tudur.

'Ydy, ond roedd teimlad hefyd, fel petai'r freuddwyd yn ceisio dweud rhywbeth wrtha i, ond allwn i mo'i ddeall e.'

'Efallai y byddi di'n cofio rhagor rywbryd eto.'

Doedd yr ateb hwn ddim yn bodloni Jacob ond gwyddai nad oedd dim byd arall y gallai Tudur ei ddweud. 'Beth wyt ti'n ei wneud heddiw?' gofynnodd.

'O, dim llawer o ddim byd,' atebodd Tudur. 'Gorffwys ychydig, siŵr o fod, dyna i gyd.'

Roedden nhw wedi cyrraedd yr ystafell wely ond doedd Jacob ddim eisiau mynd i mewn. Doedd meddwl am orwedd ar ei wely fel y bechgyn eraill a gadael i amser lithro heibio heb iddo sylwi ddim yn ei ddenu. 'Dwi'n credu yr af i am dro,' meddai.

Doedd dim llawer o ddim byd i'w weld yn y dref, o leiaf ddim yn y rhan hon ohoni. Yn wir, byddai'n eithaf hawdd mynd ar goll petai rhywun yn mynd yn rhy bell. Ond doedd e ddim yn bwriadu mynd yn bell heddiw. Y cyfan roedd e eisiau ei wneud oedd gadael yr ystafell wely gyfarwydd, y rhesi o fechgyn oedd yn gorwedd ar eu gwelyau, a phob un wedi'i ddal mewn rhyw fath o freuddwyd effro.

Penderfynodd e fynd i weld beth oedd y tu hwnt i'r ffreutur ac i ffwrdd ag ef yn hamddenol. Ond wrth iddo gerdded, edrychodd yn graff ar y llwybr, yn enwedig ar ôl iddo groesi'r sgwâr a chyrraedd ardal anghyfarwydd. Sylweddolodd y dylai fod rhyw ffordd o wahaniaethu rhwng un stryd a'r llall. Yn sydyn daeth darlun i'w feddwl oedd mor fyw fel y stopiodd yn stond. Yn y darlun roedd e'n edrych ar wal ac ar y wal roedd arwydd stryd. Gwyddai'n syth beth oedd e. Rhodfa'r Parc oedd yr enw ar yr arwydd. Ailadroddodd Jacob y geiriau wrtho'i hun a theimlai'n siŵr fod iddyn nhw ystyr arbennig iddo. Ond, yn rhwystredig, wyddai e ddim beth oedd e. Wedyn aeth yr eiliad heibio a thoddodd y darlun yn ei feddwl.

Wrth iddo ailddechrau ar ei daith, meddyliodd tybed pam nad oedd arwyddion stryd yma yn Locws. Byddai'n llawer haws i bobl ddod o hyd i'w ffordd o gwmpas. Ond efallai mai dyna pam nad oedd rhai. Efallai ei bod hi'n well gan y rhai oedd yn gyfrifol, pwy bynnag oedden nhw, fod pobl yn aros yn eu hystafelloedd gwely cymaint ag oedd yn bosibl, oherwydd ei bod hi'n haws eu rheoli nhw fel hynny. Os felly, gallen nhw honni eu bod nhw'n llwyddiannus oherwydd roedd y strydoedd y cerddai Jacob drwyddyn nhw'n hollol wag. Ond efallai nad dyna oedd eu bwriad nhw. Efallai nad oedd y gwahaniaeth rhwng un lle a'r llall yn bwysig yn Locws. Roedd pob man mor ddiflas a dibwys â phobman arall.

Ond wrth iddo feddwl hyn, trodd i sgwâr bychan oedd wedi'i ffurfio gan ystafelloedd gwely bob ochr iddo. Gwelodd fod rhyw fath o ymdrech wedi'i gwneud yma, o leiaf, i greu rhyw fath o awyrgylch. Ynghanol y sgwâr roedd darn mawr o garreg ar ffurf ciwb, ddwywaith mor dal â Jacob. Yn erbyn pob ochr i'r darn carreg roedd meinciau pren ac ar un o'r rhain roedd y ferch roedd e wedi sylwi arni'r diwrnod y cyrhaeddodd, yr un a wisgai'r siwmper goch ac oedd wedi bod yn amlwg ynghanol y rhesi o ddillad llwyd. Cododd ei llygaid a'i weld.

'Helo,' meddai.

'Helo.'

Un denau oedd hi a gwallt du fel y frân a chroen tywyll euraidd. Edrychai arno â llygaid duon, a gallai e deimlo bod deallusrwydd craff y tu ôl iddyn nhw. 'Fe gyrhaeddaist ti ar yr un diwrnod â fi, on'd do?' gofynnodd hi.

Nodiodd Jacob. 'Do, dwi'n meddwl.' Sylwodd ar y symbol dauwynebog cyfarwydd oedd wedi'i gerfio yn y darn o garreg uwch ei phen. 'Wyt ti'n gwybod beth yw ystyr hwnna?' gofynnodd.

Edrychodd hi y tu ôl iddi. 'Dim syniad,' meddai. 'Mae e ym mhobman, rywsut. Wyt ti'n mynd i eistedd?'

'O'r gorau.'

Gan deimlo ychydig yn hunanymwybodol, eisteddodd ar y fainc wrth ei hymyl.

'Aysha yw 'n enw i,' meddai wrtho.

'Jacob dwi.'

'Fe ddeffraist ti yn y cae hefyd, do fe?'

'Dyna mae pawb yn ei wneud, hyd y gwela' i.'

'Wyt ti'n gallu cofio unrhyw beth cyn hynny?'

Ysgydwodd Jacob ei ben. 'Ddim mewn gwirionedd,' meddai, 'heblaw am bethau bach.' Dwedodd wrthi sut roedd wedi cofio am agor yr anrheg ac am edrych ar arwydd stryd.

'Dwi'n cofio bod ar drên,' meddai.

Wrth iddi siarad, ymffurfiodd y ddelwedd ym meddwl Jacob. Gallai glywed olwynion y trên yn clic-clacian ar y trac.

'Ro'n i'n edrych allan o'r ffenest,' aeth hi yn ei blaen.

'Beth allet ti ei weld?'

'Tai.'

Caeodd Jacob ei lygaid i ganolbwyntio'n fwy ar y darlun roedd hi wedi'i ddeffro ynddo. Gallai weld y rhes o dai, pob un yn wahanol i'r un drws nesaf mewn rhyw ffordd, wedi'u hadeiladu i gynllun gwahanol efallai neu wedi'u paentio'n lliw gwahanol, a'u gerddi'n ymestyn i lawr tuag at y rheilffordd, rhai wedi'u trin yn daclus, rhai wedi'u gadael i fynd yn wyllt. Roedd e'n gyffrous o weld yr amrywiaeth oedd yn llygad ei feddwl ac roedd e'n ysu am i Aysha ddweud rhagor wrtho ond ymdawelodd hi. 'Dyna'r cyfan?' gofynnodd e.

'Dyna'r cyfan.'

Agorodd ei lygaid i weld Locws unwaith eto. 'Sut mae'r merched eraill yn dy ystafell wely di?' gofynnodd e.

'Maen nhw'n iawn,' atebodd hi. 'Maen nhw'n ddigon cyfeillgar ond maen nhw braidd . . .' chwiliodd hi am y gair cywir.

'Wedi dod yn gyfarwydd â phethau?' awgrymodd Jacob.

'Yn union. Weithiau dwi eisiau sgrechian arnyn nhw, a dweud y gwir. Ond fyddai hynny'n gwneud dim lles.'

'Dwi'n credu bod hynny'n digwydd i bawb,' meddai Jacob wrthi. 'Neithiwr ro'n i'n ceisio cyfrif sawl diwrnod ro'n i wedi bod yma ac allwn i ddim cofio. Roeddwn i'n rhy flinedig, siŵr o fod. Fe weithiais i'r peth allan yn iawn y bore 'ma ond dwi'n credu, os wyt ti'n aros yma'n ddigon hir, rwyt ti'n dechrau derbyn pethau fel y maen nhw.'

'Dwi ddim am wneud hynny,' cyhoeddodd Aysha. Roedd ei llais yn bendant wrth iddi ddweud hyn ac roedd golau yn ei llygaid wnaeth i Jacob deimlo y gallai hyn fod yn wir, yn ei hachos hi.

'Wyt ti wedi meddwl am geisio dianc erioed?' gofynnodd e iddi.

'Dwi'n meddwl am y peth bob diwrnod,' atebodd hi.

'A finnau hefyd.'

'Pam na wnawn ni gyda'n gilydd?' awgrymodd hi.

'Wyt ti o ddifrif?'

'Wrth gwrs 'mod i o ddifrif.'

'Efallai na fydd hi'n hawdd,' rhybuddiodd Jacob. 'Mae gan-
ddyn nhw ffyrdd o dy orfodi di i wneud y pethau maen nhw
eisiau i ti eu gwneud.'

'Pa fath o ffyrdd?'

Dwedodd wrthi am y llais roedd e wedi'i glywed pan
geisiodd osgoi mynd i gasglu cerrig.

'Wyt ti'n credu mai ysbryd oedd e go iawn?' gofynnodd.

'Nac ydw,' meddai. 'Dwi'n credu mai nhw wnaeth e, y bobl
sy'n rhedeg y lle 'ma, hynny yw. Dwi ddim yn gwybod sut yn
union. Rhaid mai rhyw fath o dric yw e.'

'Fe fydd yn rhaid i ni gynllunio'r dianc yn ofalus,' meddai hi
wrtho.

'Dwi'n cytuno.'

'Efallai y dylen ni dreulio'r wythnos nesaf yn darganfod
popeth a allwn ni am y lle yma,' aeth hi yn ei blaen, 'a beth sy
y tu draw iddo fe. Gallwn ni ofyn i bawb yn ein hystafelloedd
gwely beth maen nhw'n ei wybod. Fe allai pob darn o wybod-
aeth fod yn ddefnyddiol.'

'O'r gorau.'

'Ydy hi'n fargen, felly?' Estynnodd hi ei llaw allan ac
edrychodd e arni, wedi'i ddrysu am eiliad. Wedyn sylwedd-
olodd e beth roedd hi eisiau iddo wneud. Cydiodd yn ei llaw a'i
hysgwyd.

'Mae hi'n fargen,' atebodd yntau.

'Beth am gwrdd yn ôl yma'r un pryd yr wythnos nesaf a
chymharu gwybodaeth,' awgrymodd hi. 'Wedyn gallwn ni

feddwl am gynllun.' Gwenodd hi arno wrth ddweud hyn, gwên a oedd yn llawn cynhesrwydd go iawn ac a oedd fel petai'n goleuo strydoedd llwyd Locws. Am y tro cyntaf ers iddo gyrraedd, dechreuodd Jacob deimlo gobaith yn cyniwair ynddo.

6. BREUDDWYD AYSHA

'Wyt ti'n gwybod am rywun sydd wedi ceisio dianc o fan hyn erioed?' gofynnodd Jacob y diwrnod canlynol wrth iddo fe a Tudur gasglu cerrig gyda'i gilydd.

'Ddim wir,' atebodd Tudur.

'Beth wyt ti'n ei olygu, ddim wir?' gofynnodd Jacob. 'Naill ai rwyt ti neu dwyt ti ddim.'

'Wel, fe glywais i am fachgen o'r enw Cynfael a geisiodd redeg i ffwrdd ond chwrddais i mohono erioed. Dwi'n credu efallai bod Steffan yn ei nabod e.'

'Beth ddigwyddodd iddo fe?' gofynnodd Jacob yn eiddgar.

Cododd Tudur ei ysgwyddau. 'Fe ddaeth e'n ôl,' meddai. 'Dyna'r cyfan dwi'n ei wybod.'

Doedd e ddim yn ateb goleuedig iawn ond doedd Jacob ddim yn teimlo'n siomedig, ddim yn hollol beth bynnag. Lle mae un person wedi methu, gallai person arall lwyddo, meddai wrtho'i hun. Penderfynodd ddod i wybod rhagor am Cynfael.

Amser cinio wrth iddyn nhw eistedd ar y llawr yn bwyta, cododd Jacob a mynd draw at Steffan. Roedd Steffan bob amser ar ei ben ei hunan ond nid oherwydd bod y bechgyn eraill yn ei gasáu. Mewn gwirionedd roedden nhw i gyd yn ei barchu rywfaint. Ar y cyfan roedd hi'n well ganddo fod ar ei ben ei hun. Fyddai e byth yn chwilio am sgwrs ag unrhyw un arall, a fyddai e ddim yn annog sgwrs pan fyddai eraill yn mynd ato. Yn hollol nodweddiadol ohono, chymerodd e ddim sylw o gwbl wrth i Jacob eistedd wrth ei ymyl.

'Dwi'n clywed dy fod ti'n adnabod bachgen o'r enw Cynfael,' dechreuodd Jacob.

'Dwi wedi cwrdd ag e, dyna i gyd,' atebodd Steffan.

'Mae Tudur yn dweud wrtha i ei fod e wedi ceisio dianc.'

'Felly maen nhw'n 'i ddweud.'

'Wyt ti'n gwybod beth ddigwyddodd iddo fe?'

Ysgydwodd Steffan ei ben. 'Fe redodd i ffwrdd, fe ddaeth e'n ôl. Dyna'r cyfan dwi'n ei wybod.'

Gallai Jacob weld nad oedd hi'n mynd i fod yn hawdd cael gwybodaeth oddi wrth Steffan. Ond doedd e ddim yn barod i roi'r ffidl yn y to mor hawdd â hynny. 'Pa fath o berson ydy e?' gofynnodd.

'Ffŵl,' meddai Steffan.

'Pam rwyt ti'n dweud hynny?'

'Achos mae unrhyw un sy'n crwydro i'r diffeithwch heb unrhyw syniad i ble mae e'n mynd yn ffŵl.'

Yn ôl yr arfer, wrth siarad â Steffan, teimlai Jacob don o rwystredigaeth yn codi y tu mewn iddo. 'Dwyt ti ddim yn meddwl y byddai hi o leiaf yn werth ceisio dianc o fan hyn?' gofynnodd.

'Edrych o dy gwmpas di,' meddai Steffan. 'Beth weli di ar lawr?'

'Creigiau,' meddai Jacob.

'Yn union.' Edrychodd Steffan yn ôl arno'n hunanfodlon, fel petai ateb Jacob yn profi rhywbeth.

'Felly beth yw dy bwynt di?' mynnodd Jacob.

'Fy mhwynt i yw hyn: os oes afon y tu ôl i ti a dim byd ond creigiau o dy flaen di, efallai mai'r peth gorau i'w wneud yw aros lle rwyt ti.' Eisteddai Steffan yno, yn teimlo'n falch ohono'i hunan.

Teimlai Jacob ysfa i gydio ynddo a'i ysgwyd ond ceisiodd ei wrthsefyll. Yn un peth, roedd Steffan yn llawer mwy nag ef. Ond nid dim ond hynny. Roedd e'n synhwyro bod rhyw gymhelliant cudd y tu ôl i ystyfnigrwydd Steffan, fel petai ganddo ei resymau ei hun dros wrthod meddwl am beth bynnag oedd y tu hwnt i fyd cul Locws. 'Pam rwyt ti'n ymddwyn fel hyn?' gofynnodd e.

Daeth golwg ryfedd dros wyneb Steffan. 'Pam mae unrhyw un ohonon ni fel rydyn ni?' gofynnodd. 'Dyna gwestiwn na allwn ni mo'i ateb. Achos does gan neb ddigon o wybodaeth.'

Am eiliad, doedd dim syniad gan Steffan beth i'w ddweud. Roedd e eisiau dweud rhywbeth a fyddai wir yn creu argraff ar Steffan, rhywbeth a fyddai'n torri drwy ei arfwisg amddiffynnol, ond allai e ddim meddwl am y geiriau. Wrth iddo aros yno, gan feddwl yn ddwys, daeth Berith allan o'i gwt a baglu tuag atyn nhw. 'Mae amser cinio ar ben,' galwodd yn ei lais cras a chryg.

'Mae hi'n amser casglu rhagor o gerrig,' meddai Steffan, gan godi ar ei draed.

'Mwynha dy hunan,' meddai Jacob wrtho, yn chwerw. Cododd yntau hefyd ar ei draed a cherdded draw at y man lle roedd Berith yn aros i gymryd eu pecynnau bwyd gwag.

'Ddysgaist ti unrhyw beth?' gofynnodd Tudur, pan oedden nhw wedi ailddechrau gweithio.

'Do,' atebodd Jacob. 'Fe ddysgais i nad wyt ti'n gallu hollti craig â'th fysedd.'

Dros yr ychydig ddiwrnodau nesaf, siaradodd Jacob â phob bachgen yn ei ystafell wely a gofyn iddyn nhw beth oedden nhw'n ei wybod am Locws, y bobl oedd yn rhedeg y lle a beth oedd y tu hwnt iddo. Roedd pawb heblaw am Steffan yn barod i ddweud beth bynnag roedden nhw'n ei wybod ond doedd hynny ddim yn llawer. Wyddai neb pa mor fawr oedd Locws. Roedd y rhan fwyaf o bobl yn cytuno ei fod yn ymestyn ar lan yr afon am gryn dipyn o ffordd. Mynnai Ifor, y bachgen oedd ag atal dweud, ei fod yn mynd ymlaen am byth. 'Dyw hynny ddim yn bosibl,' meddai Jacob. 'Mae'n rhaid ei fod e'n dod i ben yn rhywle.'

Ysgydwodd Ifor ei ben. 'Dyw'r strydoedd llawn blociau o ystafelloedd gwely byth yn dod i b-b-ben,' mynnodd.

Chwarddodd Aled, ffrind Ifor, yn uchel. 'Paid â chymryd sylw ohono fe,' meddai wrth Jacob. 'Mae e'n llawn syniadau dwl. Mae e'n credu bod pawb yn y byd yn mynd i gyrraedd fan hyn.'

'Mae'n wir,' meddai Ifor, gan nodio ei ben yn awchus. 'Dyna pam mae'n rhaid i ni glirio'r c-c-caeau o hyd. I wneud rhagor o le.'

Cododd Aled ei aeliau a gwenu ar Jacob mewn ffordd oedd yn dangos beth roedd e'n ei feddwl am ddamcaniaeth ei ffrind.

Wedyn, gorweddodd Jacob ar ei wely a meddwl am beth ddwedodd Ifor. Allai e ddim credu mewn tref oedd yn ymestyn am byth. Doedd e ddim chwaith yn meddwl o ddifrif am eiliad y byddai pawb yn y byd yn cyrraedd Locws. Dim ond dwli oedd hynny. Ond roedd un peth yn amlwg: roedd Locws yn ehangu drwy'r amser. Dyna pam roedden nhw'n clirio'r caeau cerrig, wedi'r cyfan, er mwyn codi rhagor o flociau ystafelloedd gwely. Rhaid bod mwy a mwy o bobl yn deffro yn y cae bob dydd heb gofio sut roedden nhw wedi cyrraedd yno. Ac fel roedd e'n gweld pethau, dyna oedd unig ddiben Locws. Roedd e'n fan i grynhoi pawb oedd ar goll. Doedd dim diben arall am ei fodolaeth. Doedd dim byd yn digwydd yno heblaw am fwyta, cysgu a'r daith feunyddiol i'r caeau casglu cerrig.

Ond doedd y darnau bach o atgofion roedd y bechgyn yn ei ystafell wely wedi'u cofio ddim fel hyn. Roedden nhw wedi cynnig cipolwg ar fyd hollol wahanol, byd yn llawn lliw a bywiogrwydd. Ac roedd Jacob eisiau'r byd amryliw hwnnw'n ôl. Ochneidiodd. Po fwyaf y meddyliodd am y peth, y mwyaf rhwystredig yr aeth e. Roedd e'n union fel rhedeg i mewn i wal dro ar ôl tro.

Erbyn y diwrnod gorffwys nesaf roedd Jacob yn edrych ymlaen at gwrdd ag Aysha a darganfod beth roedd hi wedi'i ddysgu. Roedd e'n gobeithio y byddai hi wedi casglu mwy o wybodaeth nag ef. Roedd rhywbeth yn benderfynol iawn amdani, rhywbeth a awgrymai nad person a wastraffai amser oedd hi. Os gallai unrhyw un ddangos y ffordd allan o Locws iddo, roedd Jacob o'r farn mai Aysha fyddai honno.

'Wyt ti'n mynd am dro eto?' gofynnodd Tudur y bore hwnnw wrth iddyn nhw gerdded yn ôl o'r ffreutur.

'Ydw.'

'I ble rwyt ti'n mynd?'

'O, i unman yn arbennig,' atebodd Jacob. Am ryw reswm doedd e ddim eisiau sôn wrth Tudur am Aysha, ddim eto beth bynnag. Gallai hynny olygu dweud wrtho am eu cynllun i redeg i ffwrdd gyda'i gilydd ac yna gallai Tudur ddweud rhywbeth i'w ddigalonni. Fyddai e ddim yn bwriadu gwneud hynny. Byddai'n dweud heb feddwl. Byddai'n gwneud rhyw sylw ac yna'n sydyn byddai'r cyfan yn dechrau edrych yn amhosibl. Felly roedd ateb Jacob yn fwriadol annelwig. 'Dim ond crwydro y bydda i,' meddai.

'Ond beth sydd i'w weld? Mae'r cyfan yr un peth, on'd yw e?' gofynnodd Tudur.

'Ddim yn union,' meddai Jacob wrtho. 'Mae un neu ddau o fannau diddorol. Fe ddes i o hyd i sgwâr a meinciau yn ei ganol.'

'Meinciau?'

'Ie, ti'n gwybod, i eistedd arnyn nhw.'

'Fe fedri di eistedd yn yr ystafell wely,' meddai Tudur.

'Mae'n well gen i eistedd y tu allan weithiau, er mwyn cael newid.'

Roedden nhw wedi cyrraedd yr ystafell wely nawr ac roedd hi'n amser gwahanu. 'Wel, pob hwyl wrth fynd am dro,' meddai Tudur. 'Dwi ddim yn credu y gwnaf i ffwdanu dod gyda ti.' Aeth i mewn i'r ystafell wely.

Dilynodd Jacob yr un llwybr â'r wythnos flaenorol, gan groesi'r sgwâr mawr a mynd drwy nifer o strydoedd bach nes cyrraedd y sgwâr llai a'r ciwb carreg. Gwelodd fod Aysha wedi cyrraedd yno o'i flaen a'i bod yn eistedd yn yr un man. Cododd e ei law wrth iddo gerdded tuag ati.

Chododd hi mo'i llaw yn ôl a gwyddai'n syth fod rhywbeth o'i le. Roedd ei hwyneb wedi colli ei olwg awyddus. Yn hytrach roedd hi'n edrych yn hollol ddigalon. 'Wyt ti'n iawn?' gofynnodd e.

Agorodd hi ei cheg i siarad ond dechreuodd ei gwefus isaf grynu a llenwodd ei llygaid â dagrau. Yna gorchuddiodd ei hwyneb â'i dwylo a llefain.

'Beth sy'n bod?' gofynnodd e, gan eistedd wrth ei hochr. Meddyliodd y dylai roi ei fraich amdani, ond roedd e'n teimlo'n rhy ansicr i wneud hynny.

'Mae'n ddrwg gen i,' meddai hi, gan wneud ymdrech i sychu ei dagrau.

'Oes rhywbeth cas wedi digwydd?'

Nodiodd hi ei phen.

'Dwed wrtha i amdano fe.'

Cnôdd Aysha ei gwefus. 'Fe ges i freuddwyd,' meddai hi.

Edrychodd Jacob arni'n syn. Dyna'r cyfan? Roedd e wedi disgwyl rhywbeth llawer mwy difrifol.

'Fe freuddwydiais i am fy mam,' aeth hi yn ei blaen.

Teimlodd yntau braidd yn genfigennus. Byddai e wedi bod wrth ei fodd yn breuddwydio am ei fam ei hun ond allai e ddim cael darlun o'i hwyneb, hyd yn oed. 'Beth oedd hi'n ei wneud?' gofynnodd e.

'Roedd hi mewn ystafell yn eistedd ar wely. Dwi'n cofio sylwi bod y wal y tu ôl iddi wedi hanner ei pheintio fel petai rhywun wedi bod ar ganol addurno ac wedyn wedi colli diddordeb. A dweud y gwir, dwi'n credu mai fy ystafell wely i oedd hi, er nad ydw i'n gwybod pam ro'n i'n teimlo hynny. Beth bynnag, roedd hi'n eistedd ar y gwely, yn syllu ar rywbeth roedd hi'n ei ddal yn ei dwylo ac roedd ei llygaid yn llawn dagrau ac fe allwn weld ei bod hi'n drist iawn. I ddechrau, wyddwn i ddim ar beth roedd hi'n syllu ond wedyn roeddwn i fel petawn i'n gweld drwy ei llygaid hi ac fe welais mai ffotograff o ferch oedd e. Fe sylweddolais i mai fi oedd y ferch.' Oedodd hi ac edrych ar Jacob.

'Dyna'r cyfan?' gofynnodd e. Gallai e weld pam roedd y freuddwyd wedi gwneud iddi deimlo'n drist ond roedd e'n dal i feddwl bod ei hymateb braidd yn eithafol. Ysgydwodd hi ei phen. 'Na. Mae mwy. Ar ôl ychydig siaradodd fy mam ac roedd hi fel petai hi'n siarad â'r ferch yn y ffotograff, â fi, hynny yw.'

'Beth ddwedodd hi?'

74

Oedodd Aysha. Roedd ei hwyneb yn hollol wyn a meddyl-iodd Jacob am eiliad y gallai hi lewygu. Ond wedyn cymerodd hi anadl ddofn a siarad. 'Dyma'r union eiriau ddwedodd fy mam: O Aysha, pam roedd yn rhaid i ti farw?'

'Wel, mae'n debyg mai dyna mae hi'n ei feddwl,' meddai Jacob. 'Hynny yw, mae'n rhaid mai dyna mae ein rhieni ni i gyd yn 'i feddwl. Dim ond wedi diflannu, rydyn ni, yntê? Ac maen nhw siŵr o fod yn . . .'

'Na, Jacob,' meddai hi, gan godi ei llaw i dorri ar ei draws. 'Dwyt ti ddim yn deall.' Trodd ei llygaid brown tywyll ar Jacob a gwelodd yntau eu bod nhw'n llawn arswyd. 'Dwi wedi bod yn meddwl am y peth ers i mi ddeffro ac am y rheswm pam nad ydyn ni'n cofio sut daethon ni yma.' Roedd ei llais wedi mynd yn dawelach ac yn dawelach wrth iddi ddweud hyn. Nawr pwysodd hi'n agos ato a sibrwd. 'Dim ond un esboniad sydd wir yn gwneud synnwyr. Rydyn ni wedi marw, Jacob.'

7. YR OCHR DRAW

Syllodd Jacob arni mewn rhyfeddod. Allai e ddim credu'r hyn roedd hi newydd ei awgrymu. 'Allwn ni ddim a bod wedi marw,' meddai e. 'Hynny yw, rydyn ni'n sefyll fan hyn yn cael sgwrs. Allen ni ddim gwneud hynny tasen ni wedi marw.'

Cododd Aysha ei hysgwyddau. 'Efallai mai dyma beth sy'n digwydd ar ôl i ti farw, efallai dy fod ti'n mynd i fyd arall, a dyma fe.'

Teimlodd Jacob yn benysgafn wrth iddo ddechrau deall goblygiadau'r hyn roedd hi'n ei ddweud. Rhoddodd e ei law ar ei dalcen, fel petai e'n ceisio sadio'i hunan. 'Aros funud! Pa dystiolaeth sydd gen ti i'r syniad yma?' mynnodd e. 'Ar wahân i'r freuddwyd gest ti, hynny yw?'

'Dim un, wir,' meddai Aysha, 'heblaw am y lleisiau.'

'Pa leisiau?'

'Y lleisiau mae pobl yn eu clywed pan fyddan nhw'n gwrthod mynd i godi cerrig. Fe ddwedaist ti dy fod ti wedi'u clywed nhw dy hunan.'

'Fe glywais i rywun yn llefain ac yn galw fy enw,' cytunodd Jacob. 'Ond welaf i ddim sut mae hynny'n profi 'mod i wedi marw.'

'Mae pobl yn dweud mai ysbrydion ydyn nhw, on'd ydyn nhw?'

'Ydyn.'

'Wel ar ôl cael y freuddwyd 'na fe feddyliais i'n sydyn: beth os nad ysbrydion ydyn nhw o gwbl. Beth os mai ni yw'r ysbrydion?'

'Dwn i ddim am beth rwyt ti'n siarad,' meddai Jacob. Teimlai'n flin a chrac yn sydyn. Sut gallai hi siarad y fath ddwli? A beth oedd wedi digwydd i'r ferch ddewr, gadarnhaol, benderfynol oedd yno'r wythnos o'r blaen?

'Yr hyn dwi'n ceisio'i ddweud yw hyn,' aeth Aysha yn ei blaen. 'Efallai mai lleisiau'r bobl sy'n fyw mae pawb yn eu clywed, lleisiau'r rhai sydd wedi cael eu gadael ar ôl, y rhai sy'n galaru amdanon ni.'

Wrth iddi ddweud hyn, cofiodd Jacob yn sydyn sut roedd y fenyw oedd wedi galw ei enw yn ei feio rywsut am ei thristwch. Gwthiodd y syniad yn gyflym i gefn ei feddwl. 'Dwi ddim eisiau gwrando ar ragor o hyn,' meddai. 'Mae e'n hollol dwp.' Cododd ar ei draed yn ddisymwth a cherdded i ffwrdd, gan ei gadael hi'n eistedd yn y sgwâr ar ei phen ei hunan. Gwrthododd edrych yn ôl.

'Beth sy'n bod ar bawb?' gofynnodd wrth iddo gerdded yn llawn dicter yn ôl i'r ystafell wely. Roedd pawb fel petaen nhw'n benderfynol o ildio heb ymladd. Roedd e wir wedi credu yn Aysha. Roedd e wedi bod mor siŵr na fyddai hi fel y gweddill. Wel, roedd e wedi camgymryd. Ond wedyn, doedd hynny ddim yn golygu ei bod yn rhaid iddo fe ymuno â hi, nac oedd?

Hyd yn oed os mai fe oedd yr unig un yn y lle i gyd oedd am wneud safiad, byddai e'n dal ati. Ysgydwodd ei ben mewn anobaith. 'Wedi marw!' meddai wrtho'i hun o dan ei wynt. 'Am beth twp i'w ddweud!'

Roedd y bechgyn eraill yn gorwedd neu'n eistedd ar eu gwelyau pan gyrhaeddodd Jacob yn ôl. Roedd rhywbeth am y ffordd roedden nhw'n edrych, fel petaen nhw'n hanner cysgu, yn gwneud i'w wrychyn godi unwaith eto. Yn sydyn, penderfynodd eu herio nhw, a safodd yng nghanol yr ystafell a chodi ei lais. 'Mae 'na rywbeth dwi eisiau siarad â chi amdano fe,' meddai.

Codon nhw ar eu heistedd ac edrych yn chwilfrydig arno, pob un ond Steffan a arhosodd yn berffaith lonydd ar ei gefn a'i lygaid ynghau, er bod Jacob yn gwybod yn iawn nad oedd e'n cysgu.

'Dwi newydd fod yn siarad â merch a gyrhaeddodd yma ar yr un diwrnod â mi,' aeth Jacob yn ei flaen. 'Fe ddwedodd hi wrtha i am freuddwyd roedd hi wedi'i chael. Dwi eisiau i chi glywed amdani.' Disgrifiodd freuddwyd Aysha ac wedyn dwedodd wrthyn nhw am y casgliad roedd hi wedi dod iddo. 'Mae hi wir yn meddwl ein bod ni i gyd wedi marw,' meddai e. 'Allwch chi gredu hynny?' Astudiodd eu hwynebau nhw, gan ddisgwyl iddyn nhw ddangos dirmyg llwyr at y fath syniad dwl, gan obeithio y byddai rhywun yn chwerthin yn uchel neu'n gwneud rhyw sylw gwawdlyd. Ond er mawr siom iddo, gwelodd nifer ohonyn nhw'n nodio'n ddifrifol, fel petai hyn yn cadarnhau'r peth roedden nhw wedi'i gredu'n dawel fach ers tro. Ddwedodd neb air.

'Wel, oes rhywun yn mynd i ddweud unrhyw beth, 'te?' mynnodd.

Agorodd Steffan ei lygaid a chodi ei hunan ar un penelin. 'Beth wyt ti eisiau i ni 'i ddweud?' meddai yn y llais diog arferol a awgrymai fod yr holl drafodaeth yn dipyn o wastraff amser iddo.

'Dwi eisiau i chi ddweud wrtha i nad ydych chi'n cytuno â hi, wrth gwrs, eich bod chi'n meddwl mai dwli yw e, ac mai dim ond merch ddwl yw hi sydd wedi cael hunllef ac na ddylwn i wrando arni hi.'

Gwnaeth Steffan ystum â'i law, fel petai'n cysuro plentyn. 'O'r gorau, os mai dyna rwyt ti eisiau 'i gredu,' meddai.

Syllodd Jacob yn grac arno. 'Dwi ddim yn sôn am yr hyn dwi eisiau 'i gredu,' meddai. 'Dwi'n siarad am y gwirionedd.' Gallai deimlo'r tensiwn yn codi wrth i'w holl ddicter a'i rwystredigaeth ganolbwyntio ar Steffan.

'Ond dydyn ni ddim yn gwybod y gwir, ydyn ni?' meddai llais arall. Tudur oedd e. Roedd e wedi codi o'i wely a dod draw at y man lle roedd Jacob yn sefyll. Nawr rhoddodd law gysurlon ar ysgwydd Jacob ond ysgydwodd Jacob hi i ffwrdd yn ddig.

'Ti hefyd?' meddai. 'Ry'ch chi i gyd yn codi pwys arna i!' gwaeddodd e. 'Ry'ch chi'n ymddwyn fel petai dim gwahan-iaeth petaen ni wedi marw.'

'Wel a fyddai gwahaniaeth?' gofynnodd Steffan iddo. Syllodd yn heriol ar Jacob. Roedd e'n siarad yn dawel ond roedd min i'w lais, fel petai'n barod i ateb Jacob air am air.

'Wrth gwrs y byddai,' meddai Jacob wrtho. 'Oherwydd os nad ydyn ni wedi marw, os mai wedi dod yma i weithio rydyn ni, er enghraifft, os mai dim ond wedi cael ein . . . beth bynnag yw'r gair . . .'

'H-h-herwgipio,' gwirfoddolodd Ifor.

'Ie, diolch,' meddai Jacob, gan droi ato a nodio'n ddiolchgar. 'Os mai dim ond wedi cael ein herwgipio rydyn ni, fel mae Ifor yn 'i ddweud, wedyn mae cyfle o hyd y gallwn ni ddianc, mynd oddi yma a mynd yn ôl adref. Ond os ydyn ni wedi marw does dim gobaith o gwbl, oes e?'

'Dyma ni eto,' meddai Steffan, yn flinedig.

'A beth yw ystyr hynny felly?' mynnodd Jacob.

'Ystyr hynny yw dy fod ti bob amser yn siarad am gartref fel petai'r lle mor blydi wych,' meddai Steffan, 'ond y gwir yw nad wyt ti'n gallu cofio dim am y lle.' Roedd e'n edrych ar Jacob wrth iddo ddweud hyn â golwg amhosibl ei deall. 'Does dim un ohonoch chi'n gallu,' aeth yn ei flaen, 'er eich bod chi'n chwarae eich gêm atgofion ddwl chi bob nos. Wel, gadewch i mi ddweud rhywbeth wrthoch chi. Dwi'n cofio fy nghartref yn llawer gwell nag unrhyw un ohonoch chi. A dwi ddim yn sôn am fanylion pitw fel cicio pêl.'

'Ro'n i'n meddwl na allet ti gofio dim byd o gwbl,' meddai Jacob wedi'i synnu.

'Ddwedais i hynny erioed? Do fe? Gwranda! Dwi ddim yn ymuno â'ch gêm chi, ond dyw hynny ddim yn golygu nad ydw i'n cofio beth ddigwyddodd. Dwi'n gallu cofio pob math o bethau am fy nghartref a wyddoch chi beth? Doedd e ddim yn braf a chysurus, fel ry'ch chi i gyd fel petaech chi yn ei ddychmygu e. Dwi'n gallu cofio cael fy mwrw bob tro ro'n i'n agor fy ngheg. Doedd dim byd yn braf iawn am hynny.'

Oedodd e ac roedd yr ystafell yn hollol dawel. Roedd llygaid pawb wedi'u hoelio arno. 'Dwi'n gallu cofio rhai pethau ofnadwy,' aeth e yn ei flaen, 'pethau nad ydw i eisiau eu cofio. Felly wnei di ffafr â mi? Paid â chynhyrfu'r dyfroedd achos mae rhai ohonon ni'n berffaith hapus fel rydyn ni.'

Edrychodd Jacob arno am amser hir. Allai e ddim meddwl am ddim byd i'w ddweud yn ateb iddo. O'r diwedd cerddodd yn araf draw i'w wely ei hun a gorwedd. Teimlai fel petai rhyw sylwedd trwchus, trwm yn ceulo y tu mewn iddo. Wedyn sylweddolodd beth oedd e: anobaith. Ar ôl tipyn dechreuodd dagrau dreiglo i lawr ei wyneb a wnaeth e ddim ymdrech i'w sychu.

Dros yr ychydig ddyddiau nesaf dechreuodd Jacob dderbyn y sefyllfa rywsut. Wnaeth e ddim ymdrech i drafod y sefyllfa ag unrhyw un o'r lleill wedyn. Doedd dim pwynt, gallai weld hynny nawr. Roedden nhw i gyd yn credu eu bod nhw wedi marw. Roedden nhw wedi credu hynny ers tro, siŵr o fod, ond doedd dim un ohonyn nhw wedi bod eisiau dweud hynny. Dwedodd wrtho'i hun mai ffyliaid oedden nhw i gyd, ei bod hi'n well ganddyn nhw gredu eu bod nhw wedi marw na wynebu'r anhawster o geisio dianc o'r trap lle roedden nhw wedi cael eu dal. Roedd e'n gwrthod yn llwyr â derbyn y syniad ei hunan. Dwli oedd e, ffwlbri llwyr. Dyna roedd y bobl oedd yn rhedeg Locws eisiau iddyn nhw ei gredu, fel na fydden nhw'n creu helynt. Ac eto po fwyaf roedd e'n dweud hyn wrtho'i hunan, y lleiaf roedd e'n ei gredu.

Yn y nos roedd e'n teimlo waethaf. Yn ystod y dydd roedd hi'n bosib gwthio meddyliau diflas i gefn ei feddwl, a chanol-bwyntio ar ba bynnag dasg oedd ganddo ar y gweill. Gwisgo, ymolchi, bwyta'i frecwast, casglu'i becyn cinio, mynd ar y bws, casglu'r cerrig – roedd pob un o dasgau dyddiol ei fywyd yn y gymuned hon o eneidiau coll yn ffordd o anghofio am yr amheuon oedd yn dechrau tanseilio'r sicrwydd. Ond yn y nos doedd dim i'w wneud ond gorwedd yn effro yn y tywyllwch a meddwl tybed a oedd e'n wir wedi'r cyfan. Ai dyma beth oedd marwolaeth?

Dechreuodd ei agwedd tuag at Locws newid. Doedd e ddim yn treulio'i amser yn ceisio cynllunio sut gallai ddianc mwyach. Yn hytrach, aeth o ddydd i ddydd, gan ymgolli'n ddyfnach ynddo'i hun nes ei fod prin yn siarad â neb. Un bore pan oedden nhw'n eistedd i fwyta brecwast gyda'i gilydd, trodd Tudur ato a dweud, 'Dere, Jacob, cod dy galon! Dyw pethau ddim cynddrwg â hynny.'

Edrychodd Jacob arno mewn syndod. 'Cod dy galon!' meddai. 'Cod dy galon! Am beth yn union rwyt ti'n gallu codi dy galon?'

Cododd Tudur ei ysgwyddau. 'Cyfeillgarwch?' awgrymodd.

Diflannodd y dicter oedd wedi berwi yn Jacob wrth glywed geiriau Tudur. 'Mae'n ddrwg gen i,' meddai. 'Rwyt ti'n iawn. Y drafferth yw, ti'n gwybod, does dim llawer o ddim byd i edrych ymlaen ato, oes e?'

'Dwi wedi bod yn meddwl,' meddai Tudur.

'Am beth?'

'Am freuddwyd Aysha, dy ffrind.'

'Beth amdani?'

'Wel, efallai ein bod ni wedi marw ac eto, efallai nad ydyn ni, dwn i ddim.'

'Ond rwyt ti'n credu ein bod ni, on'd wyt ti?' gofynnodd Jacob.

Oedodd Tudur am eiliad ac yna nodiodd. 'Ydw, dwi yn meddwl hynny,' meddai. 'Mae'n debyg 'mod i wedi dod i'r casgliad hynna hyd yn oed cyn i ti sefyll yng nghanol yr ystafell a gwneud dy gyhoeddiad. Ond nid am hynny ro'n i eisiau siarad â ti. Wel, nid dim ond am hynny, beth bynnag. Ti'n gweld, dwi wedi bod yma am fwy o amser na ti ac mae hynny'n golygu 'mod i wedi bod yn cofio pethau am fwy o amser na ti. Ac un o'r pethau y cofiais i amdanyn nhw oedd ysbrydion.'

'Beth amdanyn nhw?'

'Wel, i ddechrau cofiais i beth ydyn nhw.'

'Meirwon sy'n dod yn ôl yn fyw ydyn nhw,' meddai Jacob. 'Rwyt ti wedi dweud hynny wrtha i'n barod.'

Ysgydwodd Tudur ei ben. 'Dyw hynny ddim yn hollol wir,' meddai. 'Dwi'n credu y byddai hi'n fwy cywir dweud mai eneidiau'r meirw ydyn nhw.'

Doedd Jacob ddim yn adnabod y gair 'eneidiau' ac eto roedd e fel petai'n disgyn i'w gof fel carreg yn syrthio i ddŵr. Lledodd crychau o ystyr roedd e ond yn hanner ei ddeall oddi wrtho a diflannu i lyn enfawr o atgofion, llyn yr oedd ei ddyfn- deroedd yn ddwfn a chyfrinachol hyd yn oed pan roedd ei arwyneb wedi'i darfu. 'Beth yw ystyr hynny?' gofynnodd.

'Dwi'n credu ei fod e'n meddwl pan fydd person yn marw, nad yw popeth wedi mynd,' meddai Tudur wrtho. 'Mae rhywbeth wedi'i adael ar ôl, rhyw fath o rym sy'n goroesi'r corff. Yr enaid yw hwnnw.'

Ystyriodd Jacob hyn. Roedd e'n credu ei fod yn deall pwynt Tudur. 'Felly wyt ti'n ceisio dweud mai eneidiau ydyn ni?' gofynnodd. 'Oherwydd alla i ddim gweld sut y gall hynny fod yn wir. Mae cyrff gyda ni, on'd oes e? Hynny yw, pan fydda i'n deffro ar ôl diwrnod caled yn casglu cerrig, fy nghorff i sy'n boenus.'

'Dwi'n gwybod,' meddai Tudur. 'Dwi ddim yn awgrymu mai eneidiau ydyn ni. Ond dwi'n meddwl, os ydyn ni wedi marw, ein bod ni wedi symud ymlaen rywsut a rhaid mai ein heneidiau ni sydd wedi symud.'

Ysgydwodd Jacob ei ben. 'Dwi ddim yn deall,' meddai. 'Rwyt ti fel petaet ti'n croesddweud dy hunan.'

'Dwi ddim yn hollol siŵr 'mod i'n deall, chwaith,' atebodd Tudur, 'o leiaf ddim yn hollol. Ond dyma beth feddyliais i: os ydyn ni wedi marw, os ydyn ni wedi symud ymlaen i fyd arall, yna yn y byd newydd hwn rydyn ni'r un mor real ag oedden ni yn yr hen un. Felly efallai ein bod ni'n fyw yn y byd hwn ond yn farw yn yr un rydyn ni wedi'i adael ar ôl.'

'Felly faint callach ydyn ni?' gofynnodd Jacob. Roedd hi'n anodd gweld sut roedd syniadau rhyfedd Tudur o help iddo.

'Aros funud,' meddai Tudur. 'Mae rhywbeth arall gofiais i, rhywbeth llawer mwy pwysig. Fe gofiais i amdano fe ddoe, wrth i ni gasglu cerrig. Fe gofiais 'mod i draw yn nhŷ bachgen arall un noson. Roedd hi'n hwyr ac roedd nifer o fechgyn eraill yno. Rhaid ei bod hi'n ben-blwydd ar rywun ac roedden ni i gyd yn aros dros nos. Roedden ni'n teimlo fel y byddi di pan fyddi di'n barod i wneud unrhyw beth am hwyl.'

Dechreuodd Jacob ddychmygu'r olygfa'n syth. Dychmygodd griw o fechgyn o'r un oedran ag ef. Gallai deimlo'r cyffro roedden nhw'n ei deimlo o fod gyda'i gilydd, ar eu pennau eu hunain, yn hwyr y nos, yn gallu gwneud pethau nad oedden nhw fel arfer yn cael eu gwneud, ac yn llwyddo i wneud hynny hefyd.

'Roedden ni i gyd yn eistedd o gwmpas bwrdd,' aeth Tudur yn ei flaen, 'ac roedden ni'n dal dwylo. Roedd un bachgen yn chwerthin ac roedd y lleill yn dweud wrtho am fod yn ddistaw o hyd. Wedyn fe gaeon ni i gyd ein llygaid.'

Gallai Jacob weld y darlun yn eglur o hyd ond allai e ddim deall yn iawn beth oedd yn digwydd. 'Beth oeddech chi'n wneud?' gofynnodd.

'Ceisio cysylltu â'r meirw,' meddai Tudur wrtho.

Teimlodd Jacob ias yn rhedeg i fyny ei asgwrn cefn. 'Beth wyt ti'n 'i feddwl?' gofynnodd.

'Fel dwi'n 'i ddweud yn union,' meddai Tudur wrtho. 'Fe gofiais i'r gair am yr hyn roedden ni'n ceisio 'i wneud. *Séance* yw'r enw arno.'

Roedd y gwaed yng ngwythiennau Jacob fel petai'n cyflymu wrth iddo glywed y gair. Doedd e ddim yn deall o hyd ond roedd rhywbeth yn dweud wrtho fod Tudur yn disgrifio rhywbeth hynod o bwysig. 'Lwyddoch chi?' mynnodd.

'Dwi ddim yn gwybod,' meddai Tudur, er mawr siom i Jacob. 'Dwi ddim yn cofio rhagor. Mae gen i deimlad na wnaethon ni, achos doedd neb yn fodlon cymryd y peth yn ddigon o ddifrif. Ond nid dyna'r pwynt mewn gwirionedd.'

'Beth yw'r pwynt?' gofynnodd Jacob. Teimlai e'n rhwystredig, yn llawn ymdeimlad fod rhyw ddarganfyddiad hanfodol o fewn ei afael, ond heb fod yn siŵr beth oedd e, yn union.

Doedd Tudur ddim fel petai'n rhannu ei anniddigrwydd. Aeth ymlaen i siarad yn dawel fel petai'n egluro i Jacob ble dylai roi ei gyllyll a ffyrc budr ar ôl y pryd bwyd. 'Wel, meddwl ro'n i, os gallai'r byw gysylltu â'r meirw,' meddai, 'yna pam na allwn ni wneud pethau fel arall? Pam na allwn ni gynnal ein *séance* ein hunain a gweld a allwn ni gysylltu â'r byw?' Edrychodd yn ansicr ar Jacob. 'Beth wyt ti'n 'i feddwl?'

Am hyn roedd Jacob wedi bod yn aros. Wnaeth e ddim oedi. 'Mae'n rhaid i ni ei wneud e,' meddai.

8. CYSYLLTU

Y peth cyntaf roedd Jacob eisiau ei wneud oedd dweud wrth Aysha am awgrym Tudur. Doedd e ddim yn hollol siŵr pam roedd e'n teimlo'r awydd yma mor gryf, ond dyna ni. Efallai oherwydd ei fod yn cofio amdani'n eistedd wrth ei ochr a'i phen yn ei dwylo, yn llefain yn dawel. Neu efallai, ac yntau wedi codi ei galon rywfaint, ei fod yn teimlo braidd yn euog am y ffordd roedd wedi mynd oddi wrthi, gan ei gadael ar ei phen ei hun yn ei thristwch.

Ond cyn gynted ag roedd e wedi penderfynu gwneud hyn, sylweddolodd nad oedd e'n gwybod sut i ddod o hyd iddi. Doedden nhw ddim wedi gwneud rhagor o drefniadau i gwrdd yn y sgwâr a doedd dim syniad ganddo ym mha ystafell wely roedd hi'n byw. Doedd dim amdani – byddai'n rhaid iddo geisio dod o hyd iddi pan fyddai pawb yn dod at ei gilydd i fwyta yn y ffreutur.

Roedd hyn yn fwy anodd na'r disgwyl. Y tro cyntaf iddo ei gweld hi, roedd hi'n amlwg oherwydd y siwmper goch roedd hi wedi bod yn ei gwisgo ond, fel yntau, roedd hi wedi newid ei dillad ei hun ers tro am yr iwnifform lwyd roedd pob un o'r trigolion yn Locws yn ei gwisgo. Nawr byddai hi'n ymdoddi i'r cefndir fel y lleill i gyd.

Wrth iddo astudio wynebau'r rhai oedd yn bwyta'r noson honno, meddyliodd am ddamcaniaeth Ifor y byddai pawb yn y byd yn dod i fyw i Locws yn y pen draw. Efallai nad oedd hynny mor ddwl wedi'r cyfan. Roedd cannoedd o blant yn y ffreutur hwn ac roedd Tudur wedi dweud wrtho fod sawl ffreutur arall eto, petai rhywun yn ffwdanu chwilio ledled Locws.

Dechreuodd grwydro o gwmpas y ffreutur, gan edrych ar y wynebau ar hap. Ond ar ôl tipyn gwelodd fod hyn yn anobeithiol. Allai e ddim bod yn siŵr hyd yn oed pa fyrddau roedd e wedi edrych arnyn nhw, a pha rai nad oedd. Penderfynodd e fynd i'r afael â'r broblem yn systematig, gan ddechrau yn un pen o'r ystafell a gweithio ei ffordd yn ôl ac ymlaen. Ond doedd hyn hyd yn oed ddim yn saff o weithio oherwydd roedd pobl yn mynd ac yn dod drwy'r amser. Roedd wedi'i ddigaloni gan anferthedd y dasg, ac ar fin rhoi'r gorau iddi'n llwyr pan sylwodd ar ferch oedd yn eistedd ychydig ar wahân i'r lleill, yn bwyta'n araf, bron yn ddifrifol. Edrychodd yn fwy craff. Aysha oedd hi, yn bendant, ond roedd hi'n edrych fel petai hi wedi newid ychydig ers iddo ei gweld hi gyntaf. Wrth iddi edrych i fyny a'i weld, sylweddolodd ei bod hi'n edrych yn hŷn, yn llai fel plentyn ac yn fwy fel oedolyn. Eisteddodd wrth ei hymyl.

'Sut wyt ti?' gofynnodd e.

Roedd yr olwg a roddodd hi iddo'n awgrymu ei bod hi'n meddwl nad oedd pwynt i'r cwestiwn yna.

'Mae'n ddrwg gen i 'mod i wedi cerdded i ffwrdd fel yna'r tro diwethaf i ni gwrdd,' meddai Jacob. Doedd e ddim wedi bwriadu dechrau drwy ymddiheuro ond rywsut dyna wnaeth e.

Goleuodd ei hwyneb ychydig. 'Popeth yn iawn,' meddai hi.

'Dwi wedi bod yn meddwl am yr hyn ddwedaist ti,' aeth Jacob yn ei flaen, 'a dwi wedi penderfynu y gallet ti fod yn iawn.' Unwaith eto, synnodd ei glywed ei hun yn cyfaddef hyn. Doedd e ddim hyd yn oed wedi dweud wrth Tudur beth oedd ei farn mewn gwirionedd, hyd yn oed wrth gytuno i'r *séance*. Ond roedd Aysha yn cael effaith arno nad oedd e wir yn ei deall, fel ei fod e'n gorfod dweud y gwir wrth siarad â hi.

'Ai dyna pam ddest ti i siarad â mi?' gofynnodd hi.

'Yn rhannol,' cytunodd Jacob, 'ond yn rhannol am reswm arall. Fe feddyliodd ffrind i mi o'r enw Tudur am syniad y bore 'ma. Ro'n i eisiau dweud wrthot ti amdano fe.' Aeth e yn ei flaen i egluro.

Gwrandawodd Aysha yn astud. Ar ôl i Jacob orffen, sylwodd ei bod hi'n edrych yn eithaf awyddus unwaith eto, fel o'r blaen. 'Wnei di fynd â mi i gwrdd â dy ffrind?' gofynnodd hi.

'O'r gorau.'

Gwnaethon nhw eu ffordd yn ôl at Tudur. Ar ôl iddyn nhw gael eu cyflwyno i'w gilydd, holodd Aysha gwestiynau i Tudur am ei atgof o'r *séance*. Roedd hi eisiau gwybod pob manylyn bach – yn union sut roedden nhw wedi dal dwylo, pwy oedd wedi siarad a pha eiriau oedd wedi cael eu dweud.

Ysgydwodd Tudur ei ben. 'Alla i ddim cofio popeth,' meddai. 'Ti'n gwybod sut mae'r fflachiadau o atgofion 'ma. Maen nhw'n fyw iawn ond yn hynod o fyr.'

'Does dim syniad gen ti a oedd e'n llwyddiannus?' gofynnodd Aysha.

'Dwi ddim yn credu ei fod e. Dwi'n credu mai chwarae o gwmpas oedden ni, dyna i gyd.'

Edrychai Aysha yn siomedig. 'Felly dim ond jôc oedd y cyfan?' gofynnodd hi.

'Ie, ond dwi'n dal i gredu y gallai e weithio,' mynnodd Tudur.

'Pam?'

'Achos dwi'n cofio'n glir iawn sut ro'n i'n teimlo ar y pryd. Mae hi'n anodd disgrifio'r peth ond ro'n i'n teimlo bod rhywbeth mentrus iawn am yr hyn roedden ni'n 'i wneud, ei fod e'n rhywbeth na ddylen ni fod wedi bod yn 'i wneud o gwbl, ychydig fel chwarae â thân.'

Nodiodd Aysha.

'Ro'n i'n teimlo bod yr hyn roedden ni'n ceisio 'i wneud yn rhywbeth go iawn,' eglurodd Tudur, 'ac, a bod yn onest, do'n i ddim yn siŵr a o'n i eisiau llwyddo oherwydd roedd ychydig o ofn arna i o'r hyn allai ddigwydd.'

'Sut rwyt ti'n teimlo am roi cynnig arall arni, a cheisio cysylltu â'r byw?' gofynnodd Aysha.

'Yn nerfus,' cyfaddefodd Tudur, 'ond dwi'n meddwl bod Jacob yn iawn – mae'n rhaid i ni roi cynnig arni.'

'Ble dylen ni ei wneud e?' gofynnodd Jacob, oedd yn awyddus i ddechrau cynllunio.

'Beth sy'n bod ar eich ystafell wely chi?' awgrymodd Aysha.

'Dim byd,' meddai Jacob. 'Ond efallai na fydd pawb yno'n cymeradwyo.'

'Wyt ti'n meddwl am Steffan?' gofynnodd Tudur.

'Ydw.'

'Wnaiff e ddim torri ar draws,' meddai Tudur. 'Fe wnaiff e ychydig o sylwadau sarcastig, dyna i gyd. Paid â chymryd sylw ohono fe.'

'Felly pryd wnawn ni hyn?' gofynnodd Aysha.

Cododd Tudur ei ysgwyddau. 'Pryd bynnag rwyt ti eisiau,' meddai e.

'Beth am nos yfory?' awgrymodd Aysha.

'O'r gorau.'

Trafodon nhw'r trefniadau am ychydig eto. Er gwaetha'r ffaith mai syniad Tudur oedd y *séance*, cytunon nhw mai Jacob fyddai'n ei egluro i weddill y bechgyn. 'Rwyt ti'n well am y math yna o beth na fi,' meddai Tudur wrtho. 'Rwyt ti'n fwy o arweinydd.'

Synnodd Jacob wrth glywed hyn. Fyddai e byth wedi meddwl am ei hunan fel arweinydd. Doedd e ddim yn fawr ac yn gryf, fel Steffan. Y cyfan a wyddai amdano'i hunan oedd ei fod yn casáu cael pobl yn dweud wrtho beth i'w wneud. Mewn gwirionedd, pryd bynnag y byddai unrhyw un, fel Berith er enghraifft, yn rhoi gorchymyn uniongyrchol iddo, teimlai awydd greddfol i wneud i'r gwrthwyneb. Efallai ei fod wedi cael llond bol ar gael rhywun yn dweud wrtho beth i'w wneud pan oedd e'n fyw. Trawodd hyn ei feddwl wrth iddo fe a Tudur gerdded yn ôl i'r ystafell wely gyda'i gilydd.

Wastraffodd e ddim amser cyn egluro'r syniad i'r lleill. Roedden nhw i gyd yn ymddangos yn eithaf awyddus, heblaw am Steffan wrth gwrs. Chymerodd e ddim sylw o'r awgrym o gwbl, y cyfan wnaeth e oedd gorwedd ar ei wely a'i lygaid ynghau.

'Faint o'r gloch wnawn ni fe?' gofynnodd Aled.

'Ar ôl i ni fwyta,' meddai Jacob, 'pan fydd pawb wedi cyrraedd yn ôl yma.'

'Wyt ti'n meddwl y bydd e'n g-g-gweithio?' gofynnodd Ifor.

'Dwn i ddim,' meddai Jacob. 'Fe fydd yn rhaid i ni weld.' Ond wedyn, wrth iddo baratoi i fynd i'r gwely, daeth i'r casgliad ei fod wedi gweithio'n barod mewn ffordd. Ddiwrnod cyn hynny roedd e wedi bod yn teimlo'n ddigalon dros ben. Roedd e wedi rhoi'r gorau i feddwl am y byd roedd e wedi'i adael ar ôl, hyd yn oed. Nawr roedd ei obaith wedi aildanio ac unwaith eto roedd ei ewyllys yn canolbwyntio ar dir y byw.

Er i Tudur honni bod Jacob yn arweinydd naturiol, Aysha ddechreuodd reoli pethau'r noson ganlynol. Roedd hi'n rhyfedd gweld merch yn yr ystafell wely. Er ei bod hi'n gwisgo'r un iwnifform lwyd â'r gweddill ohonyn nhw, roedd hi'n amlwg yn wahanol ac roedd Jacob yn ymwybodol fod y bechgyn eraill yn syllu arni. Am ryw reswm roedd e'n teimlo'n amddiffynnol ohoni. Ei ffrind e oedd hi a doedd e ddim eisiau i unrhyw un ddweud rhywbeth wrthi a allai fod yn elyniaethus. Ond, mewn gwirionedd, roedd pawb fel petaen nhw'n barod i'w hoffi hi ac, yn bwysicach, yn fodlon iddi eu trefnu'n gylch ar y llawr, pawb ond Steffan, hynny yw. Eisteddai ar ei wely gan syllu arnyn nhw â chryn ddifyrrwch. 'Wel, o leiaf mae hwn yn rhywbeth gwahanol,' meddai.

'Fe ddylet ti ymuno â ni,' meddai Aysha wrtho. Roedd hi'n eistedd yn union gyferbyn ag ef, rhwng Jacob a Tudur.

'Dwi ddim yn meddwl y gwnaf i ffwdanu,' meddai e. 'Fe wylia i'r hwyl o fan hyn.'

Cododd Aysha ei hysgwyddau. 'Fel y mynni di,' meddai hi. 'Ti fydd ar dy golled.'

Gan eu bod nhw nawr i gyd yn eistedd ac yn dal dwylo, doedd yr awyrgylch yn yr ystafell wely ddim yn annhebyg i ddisgrifiad Tudur o'i atgof. Roedd hi fel petaen nhw i gyd yn cael hwyl mewn ffordd ychydig yn ddrwg, yn gwneud rhywbeth na fyddai'r rhai mewn awdurdod yn ei gymeradwyo, rhywbeth mentrus a braidd yn beryglus.

'Sut rydyn ni'n mynd i ddechrau?' gofynnodd Jacob. Roedd e'n ymwybodol fod ei lais yn swnio ychydig yn nerfus.

'Dwi wedi meddwl am hynna,' meddai Aysha. O glywed y ffordd hyderus roedd hi'n siarad, doedd hi ddim fel petai hi'n rhannu ei bryder. 'Dwi wedi paratoi ychydig o eiriau,' aeth hi yn ei blaen, 'nid araith fawr ond rhyw fath o gyflwyniad, dyna i gyd, oni bai bod unrhyw un ohonoch chi eisiau ei wneud e.'

'Na, gwna di fe,' atebodd Jacob, a nodiodd Tudur i ddangos ei fod yn cytuno.

'Mae hi'n drueni na allwn ni wneud i'r goleuadau bylu,' meddai Aysha, 'ond does dim gwahaniaeth. Wnaiff pawb gau eu llygaid os gwelwch yn dda. A dim siarad.'

Teimlad rhyfedd iawn oedd eistedd ar lawr yr ystafell wely yn dal dwylo Tudur ac Aysha, ond gwyddai Jacob ei bod hi'n bwysig cymryd hyn o ddifrif. Ceisiodd e adael i'w feddwl hofran fel roedd Tudur wedi ei gynghori pan oedd wedi dechrau casglu cerrig.

Dechreuodd Aysha siarad mewn ffordd hollol wahanol i'r arfer. Roedd ei llais yn syndod o ddwfn a soniarus, bron fel llafarganu ac roedd y geiriau fel petaen nhw'n atseinio yn yr awyr o'u cwmpas. 'Rydyn ni, y meirw, wedi ymgasglu yma heno,' dechreuodd, 'i uno ein meddyliau ac i'w hanfon ar draws y rhwystr rhwng y byd hwn a byd y byw. Rydyn ni eisiau cysylltu â'r rhai rydyn ni wedi'u gadael ar ôl. Os oes unrhyw un yno a hoffai siarad â ni, gwnewch hynny nawr.'

Bu tawelwch hir. Teimlai Jacob awydd mawr i agor ei lygaid, ond gwrthsafodd y demtasiwn. Ar ôl ychydig ailadroddodd Aysha ei haraith ond eto doedd dim ymateb.

'Dyw e ddim yn gweithio,' meddai un o'r bechgyn o dan ei lais.

'Wrth gwrs nad ydy e'n gweithio,' meddai llais Steffan yn ddirmygus.

Agorodd Jacob ei lygaid a gollwng gafael ar y dwylo roedd e'n eu dal. Gwelodd fod y rhan fwyaf o'r lleill â'u llygaid ar agor, hefyd, ac roedden nhw i gyd yn edrych ar Steffan.

'Ac fe ddweda i rywbeth arall wrthoch chi,' aeth Steffan yn ei flaen. 'Dyw e ddim yn mynd i weithio. Fe allwch chi eistedd yno drwy'r nos â'ch llygaid ynghau, yn siarad â neb, os mai dyna sy'n eich gwneud chi'n hapus. Ond chewch chi ddim ateb.'

Daeth ton o ddicter dros Jacob. 'Pam na wnei di gau dy geg?' meddai.

'Oherwydd dwi ddim yn teimlo fel gwneud,' atebodd Steffan, a'i agwedd hunanfodlon yn codi gwrychyn fel arfer.

'Wyddoch chi beth dwi'n ei feddwl?' meddai Aysha yn sydyn. 'Dwi'n credu bod Steffan wir eisiau ymuno â ni.'

Chwarddodd Steffan. 'Nac ydw, wir,' meddai. 'Dyna beth dwl i'w ddweud.'

'Ond dwi'n credu dy fod ti,' meddai Aysha, ac roedd hi bron fel petai hi'n tynnu ei goes. 'Ond mae arnat ti ofn ymrwymo, dyna i gyd. Dyna'r gwir, ynte?'

'Does dim ofn dim arna i,' meddai Steffan. Roedd ei ateb swta'n awgrymu ei bod hi wedi'i anesmwytho fe.

'Wel, ymuna â ni, os nad oes ofn arnat ti,' meddai Aysha. 'Os nad yw e'n golygu dim i ti, wnaiff e ddim niwed, na wnaiff? Neu ai rhywun sy'n hoffi cuddio y tu ôl i geg fawr wyt ti?'

'Dwi ddim yn cuddio'r tu ôl i unrhyw beth,' meddai Steffan. Roedd e'n swnio'n flin a chrac nawr.

'Felly profa fe,' meddai Aysha wrtho.

Bu eiliad o dawelwch. Roedd Aysha'n dal i rythu'n heriol ar Steffan. Syllodd Steffan yn ôl yn ddig. Ond er mawr syndod i Jacob, Steffan dorrodd gyntaf. 'O'r gorau 'te,' meddai, gan sefyll ar ei draed. 'Os yw e'n golygu cymaint i chi, fe ddangosa i nad yw eich gêm fach chi'n fy mhoeni o gwbl.' Cerddodd draw i'r cylch, gan eistedd rhwng Aled ac Ifor.

'Da iawn,' meddai Aysha. 'Ydy pawb yn barod?'

Mwmialodd pawb eu bod nhw.

'Wel, daliwch ddwylo, caewch eich llygaid a chanolbwyntio.'

Ufuddhaodd pawb a dechreuodd hi ailadrodd ei hanerchiad yn gwahodd y byw i gysylltu â nhw. Bron yn syth, synhwyrodd Jacob fod rhywbeth yn wahanol. Wrth i Aysha siarad, roedd yr awyr o'i gwmpas fel petai'n mynd yn fwy trwchus a theimlodd ei fod yn dechrau mynd yn ysgafn. Dechreuodd waliau a lloriau'r ystafell gilio ac roedd e'n teimlo fel petai'n hofran mewn rhyw elfen anhysbys a oedd y tu allan a'r tu mewn iddo ar yr un pryd. Erbyn hyn roedd llais Aysha fel petai'n dod o bell ac allai e ddim clywed yn iawn beth roedd hi'n ei ddweud. Yn hytrach, cafodd ei sylw ei ddenu gan olau bach oedd yn hofran yn syth o'i flaen. Po fwyaf roedd e'n canolbwyntio ar y golau hwn, y pellaf roedd e'n ymddangos ac eto ar yr un pryd roedd e'n tyfu'n fwy. Wedyn sylweddolodd ei fod yn edrych ar hyd twnnel anferthol. Na, nid edrych ar hyd twnnel yn unig ond teithio i lawr y twnnel ar gyflymder anhygoel, mor gyflym yn wir fel y dechreuodd deimlo'n hynod o sâl ac roedd e'n ysu am i'r teimlad fynd.

Ac yn sydyn dyna ddigwyddodd.

Fel corcyn yn cael ei dynnu o botel, daeth allan ar ddiwedd y twnnel, a chael ei hunan yn sefyll mewn ystafell. Sylweddolodd yn syth mai hon oedd lolfa ei gartref. Ac yno o'i flaen roedd ei rieni. Roedd ei dad yn sefyll ynghanol yr ystafell ac roedd ei fam yn eistedd ar gadair ac yn edrych arno. Cododd cymaint o lawenydd a rhyddhad ynddo nes ei fod yn teimlo fel poen. 'Mam! Dad!' gwaeddodd.

Chymeron nhw ddim sylw ohono o gwbl.

'Edrych, mae'n ddrwg gen i, ond alla i ddim mynd ymlaen fel hyn rhagor,' meddai ei dad. Roedd hi'n amlwg ei fod e a mam Jacob yn cael dadl.

'Fi sy 'ma!' gwaeddodd Jacob, gan dorri ar eu traws.

Ond throdd dim un ohonyn nhw eu pennau i edrych arno. Aeth ei dad yn ei flaen gan siarad mewn llais isel, a'i eiriau'n llawn chwerwder. 'Dwi'n gwybod dy fod ti'n fy meio i am farwolaeth Jacob,' meddai.

Roedd Jacob wedi bod ar fin cerdded draw a sefyll rhyngddyn nhw, ond arhosodd yn stond wrth glywed y geiriau hyn. Felly roedd e'n wir. Roedd e wedi marw. Wrth feddwl hyn, sylweddolodd na allen nhw ei weld e. Nid ei anwybyddu e roedden nhw. Iddyn nhw, doedd e ddim yno.

'Rwyt ti'n camgymryd,' atebodd ei fam. 'Dwi ddim yn dy feio di. Os wyt ti eisiau gwybod y gwir, dwi'n fy meio fy hunan.' Roedd ei llais yn swnio'n llawn dicter nad oedd hi prin yn gallu ei reoli, dicter nad oedd yn gallu canolbwyntio ar ddim byd. 'Fe ddylwn i fod wedi gwybod i ble roedd e'n mynd a beth oedd e'n 'i wneud. Ond do'n i ddim. Ro'n i'n rhy brysur gyda fy mywyd fy hunan.'

Ysgydwodd ei dad ei ben. 'Does dim pwynt meddwl fel yna,' meddai. 'Mae'n rhaid i ni geisio rhoi hyn y tu cefn i ni.'

Safodd ei fam ar ei thraed, gan wgu'n ffyrnig, a'i chynddaredd yn troi yn erbyn ei gŵr nawr. 'Sut galla i ei roi y tu cefn i mi?' mynnodd. 'Dwi ddim yn gwybod sut y gelli di ddweud hynny, hyd yn oed!'

'Oherwydd ei fod e'n dinistrio ein perthynas ni,' meddai ei dad. Estynnodd ei law yn ofalus i gyffwrdd â hi ond gwthiodd hi ei law o'r neilltu.

Daliodd Jacob i wylio'r ddrama ddiflas hon yn digwydd o'i flaen. Roedd yr holl bleser roedd e wedi'i deimlo wrth weld ei rieni wedi diflannu. Yn lle hynny, roedd e wedi arswydo wrth weld sut roedden nhw'n ymddwyn, ac ar yr un pryd doedd e'n gallu gwneud dim am y peth.

'Dwi'n credu y dylen ni dreulio ychydig o amser ar wahân,' meddai ei fam.

Edrychodd ei dad arni am amser hir. Wedyn ochneidiodd. 'Ai dyna rwyt ti eisiau go iawn?' gofynnodd.

'Dwi'n credu mai dyna fyddai orau.'

'Na, Mam!' gwaeddodd Jacob. 'Paid â gwneud hyn!' Ond doedd dim yn tycio. Allai hi mo'i glywed e. Eiliad yn ddiwedd-arach, roedd e'n cael ei sugno am yn ôl o'r olygfa. Unwaith eto, profodd y teimlad o deithio drwy dwnnel ar gyflymder dychrynllyd. Unwaith eto, teimlai'n siŵr y byddai'n sâl unrhyw eiliad. Wedyn, yn sydyn, roedd y cyfan ar ben. Agorodd ei lygaid a gweld ei fod e'n ôl yn yr ystafell wely.

Roedd y lleill yn syllu arno mewn syndod. 'Wyt ti'n iawn?' gofynnodd Aysha.

Nodiodd Jacob. 'Dwi'n credu 'mod i,' meddai.

'Beth yn y byd oedd yn digwydd?' gofynnodd Tudur. 'Roeddet ti'n gweiddi nerth dy ben.'

Edrychodd Jacob arno mewn syndod. 'Ddigwyddodd dim byd i ti?' gofynnodd e.

Ysgydwodd Tudur ei ben. 'Ro'n i'n eistedd yno gyda fy llygaid ynghau, yn disgwyl i rywbeth ddigwydd, ac yn sydyn reit, fe ddechreuaist ti weiddi.'

'Welodd neb arall unrhyw beth?' mynnodd Jacob. Edrychodd o gwmpas y cylch.

Ysgydwodd pawb eu pennau. Roedd Steffan hyd yn oed wedi mynd yn dawel ar ôl yr hyn ddigwyddodd. Doedd e ddim yn bigog fel roedd e fel arfer ac edrychodd ar Jacob â chwil-frydedd amlwg.

'Fe welais i fy rhieni,' meddai Jacob wrthyn nhw. 'Roedden nhw'n dadlau. Amdana i. Am fy marwolaeth i.'

'Dwyt ti ddim yn meddwl mai creu'r cyfan wnest ti?' gofyn-
nodd bachgen o'r enw Iago. Roedd ganddo wallt golau ac
wyneb gwelw, ac fel arfer fe oedd un o fechgyn tawelaf yr
ystafell wely, felly atebodd Jacob e'n dawel. Petai unrhyw un
arall wedi gofyn yr un cwestiwn, efallai y byddai wedi gweiddi
arnyn nhw. Ond roedd rhywbeth cwrtais, bron yn barchus, am
Iago bob amser.

'Nid creu'r cyfan wnes i,' meddai Jacob, 'ac nid breuddwyd
oedd hi, cyn i ti ofyn. Fe ddigwyddodd e, go iawn. Fe welais i
fy rhieni, roedden nhw'n trafod fy marwolaeth i.' Trodd at
Aysha. 'Roeddet ti'n iawn drwy'r amser,' meddai. 'Mae'n ddrwg
gen i.'

'Does dim gwahaniaeth,' meddai hi, yn raslon.

'O leiaf rwyt ti'n gwybod y gwir nawr,' meddai Steffan. Am
unwaith doedd e ddim yn clochdar. Yn hytrach, siaradai'n
dawel, bron yn llawn cydymdeimlad. 'Fe weli di fod hynny'n
ei gwneud hi'n haws i ti dderbyn y lle 'ma. Fe fyddi di'n gallu
ymgartrefu nawr.'

Er syndod iddo, wnaeth sylwadau Steffan ddim codi
gwrychyn Jacob. Yn hytrach, roedden nhw fel petaen nhw'n
cadarnhau ymdeimlad o sicrwydd oedd wedi bod yn tyfu y tu
mewn iddo. 'Dyna lle rwyt ti'n anghywir,' meddai, gan ysgwyd
ei ben, 'oherwydd mae hyn yn ei gwneud hi'n bwysicach fyth
nad ydw i'n derbyn y sefyllfa. Dwyt ti ddim yn gweld? Mae'n
rhaid i mi wneud rhywbeth am y peth. Fel arall fe fydd fy
rhieni'n gwahanu. Alla i ddim gadael i hynny ddigwydd.'

Edrychodd Steffan arno fel petai'n teimlo trueni drosto. 'Elli di wneud dim am y peth,' meddai. 'Rwyt ti wedi marw. Dyna ddiwedd y stori. Fe fydd yn rhaid i'th rieni ddatrys eu problemau ar eu pennau eu hunain. Efallai nad wyt ti'n cofio hyn ond fe alla i addo un peth i ti: does neb yn dod yn ôl o fod yn farw.'

Bu tawelwch ar ôl iddo siarad a gallai Jacob eu teimlo nhw i gyd yn edrych arno, yn disgwyl iddo dderbyn yr anochel, ond ysgydwodd e ei ben. 'Wel dwi'n bwriadu rhoi cynnig arni,' meddai e.

9. STORI CYNFAEL

Wrth eistedd ar y bws y bore canlynol, gofynnodd Jacob i Steffan a fyddai'n ei gyflwyno i Cynfael. Edrychodd Steffan arno am amser hir cyn ateb. O'r diwedd meddai, 'Ti'n gwybod, un diwrnod, yn fuan ar ôl i mi gyrraedd yma, ro'n i'n gorwedd ar fy ngwely'n meddwl am ddim byd o bwys pan welais i bryfyn rhyfedd yr olwg. Roedd e'n ceisio dringo'r wal wrth ymyl y drws ac roedd e'n cyrraedd tua'r uchder 'ma o hyd.' Cododd ei law a dangos y pellter â'i fawd a'i fynegfys. 'Wedyn byddai'n cwympo i lawr. Ond bob tro y byddai'n cwympo i lawr, fe fyddai e'n ailddechrau unwaith eto.' Oedodd Steffan a sylweddolodd Jacob ei fod yn disgwyl am ryw fath o ymateb.

'Felly beth ddigwyddodd yn y diwedd?' gofynnodd Jacob. 'Gyrhaeddodd e dop y wal?'

Ysgydwodd Steffan ei ben. 'Fe ddaeth Iago drwy'r drws a sefyll arno fe,' meddai.

'Ocê,' meddai Jacob, 'dwi'n deall dy bwynt di ond dwi i'n dal eisiau gweld Cynfael. Wnei di drefnu'r peth ai peidio?'

Cododd Steffan ei ysgwyddau. 'Os wyt ti'n mynnu,' meddai.

'Dwi *yn* mynnu.'

Digwyddodd y cyfarfod y noson honno. Arweiniodd Steffan y ffordd i ystafell wely Cynfael braidd yn ansicr, gan stopio sawl gwaith a throi'n ôl unwaith i'r cyfeiriad roedden nhw newydd ddod ohono. Ond o'r diwedd arhosodd y tu allan i ystafell wely oedd yn union yr un peth â'u hystafell wely nhw. 'Wyt ti'n siŵr mai dyma'r un gywir?' gofynnodd Jacob.

'Wrth gwrs nad ydw i'n siŵr,' meddai Steffan yn swta. 'Maen nhw i gyd yn edrych yr un peth, on'd ydyn nhw? Beth bynnag, fe gawn ni weld yn ddigon buan. Ond gwranda, cyn i ni fynd i mewn: mae Cynfael braidd yn rhyfedd, ocê? Mae e'n edrych fel petai'n hanner cysgu ond mae e'n ddeallus iawn a dyw e ddim yn hoffi bod pobl yn gofyn cwestiynau twp. Wyt ti'n deall?'

Nodiodd Jacob.

Fel y drws i'w hystafell wely nhw eu hunain, doedd hwn ddim wedi'i gloi. Gwthiodd Steffan e ar agor a chamodd y ddau i mewn. Edrychon nhw o gwmpas ar y bechgyn, wedyn gwnaeth Steffan ei ffordd draw at wely yng nghornel bellaf yr ystafell lle roedd bachgen tal a thenau iawn â chroen lliw efydd a gwallt cyrliog du tyn yn eistedd gan gydio yn ei benliniau. Roedd ei ben yn pwyso ar un ochr ac roedd e'n hymian yn dawel wrtho'i hunan. Wrth iddyn nhw ei gyrraedd, stopiodd hymian ac edrych arnyn nhw, i fyny ac i lawr.

Gwelodd Jacob yn syth fod rhyw bresenoldeb gan Cynfael oedd yn gwneud i Steffan hyd yn oed fod yn amddiffynnol.

Cymerodd ei amser cyn siarad a phan siaradodd roedd ei lais yn ddiog a hyderus. 'Sut mae'r hwyl, Steffan?' gofynnodd e.

'Ddim yn ddrwg, Cynfael,' meddai Steffan. 'Beth amdanat ti?'

Rhoddodd Cynfael ei ddwylo ar led. 'Dwi'n ymdopi,' meddai. Symudodd ei goesau oddi ar y gwely. 'Pwy yw dy gysgod di?' gofynnodd, gan amneidio ei ben i gyfeirio at Jacob.

'Jacob yw ei enw e,' meddai Steffan. 'Mae e yn fy ystafell wely i. Mae e eisiau siarad â ti.'

Crychodd Cynfael ei wefusau, fel petai'n ceisio penderfynu a oedd e eisiau siarad â Jacob ai peidio. O'r diwedd meddai, 'Mae hi'n well i ti eistedd i lawr 'te.'

Eisteddodd Steffan ar ymyl y gwely ac eisteddodd Jacob ar y llawr gerllaw.

'Felly am beth rwyt ti eisiau siarad, Jacob?' gofynnodd Cynfael. Roedd y cwestiwn yn swnio mor gyfeillgar ond roedd rhywbeth am y ffordd roedd e'n siarad yn awgrymu efallai na fyddai'n cydweithredu mor hawdd â Jacob, os na fyddai e'n teimlo fel gwneud hynny.

'Ro'n i eisiau gofyn i ti am y tro y ceisiaist ti ddianc o fan hyn,' meddai Jacob wrtho.

Nodiodd Cynfael, fel petai wedi bod yn disgwyl hyn. 'Beth wyt ti eisiau 'i wybod amdano fe?' gofynnodd.

'Popeth,' meddai Jacob.

Cododd Cynfael ei aeliau. 'Popeth,' meddai. 'Tipyn o gais.'

'Wel, yn gyntaf ro'n i eisiau gwybod beth wnaeth i ti benderfynu'i wneud e,' awgrymodd Jacob.

Cododd Cynfael un llaw i awgrymu gweddill yr ystafell wely. 'Edrych o'th gwmpas di,' meddai. 'Wyt ti'n gweld unrhyw reswm da dros aros yma?'

'Ond dyw'r lleill ddim wedi ceisio dianc,' meddai Jacob.

'Achos eu bod nhw'n rhy ofnus, dyna pam,' meddai Cynfael wrtho.

'Does dim ofn arnat ti, 'te?'

Syllodd Cynfael yn ôl arno'n syth. 'Ydw i'n edrych fel petai hi'n hawdd codi ofn arna i?' gofynnodd.

'Nac wyt,' cytunodd Jacob.

'Y cwestiwn nesaf,' meddai Cynfael.

'I ble roeddet ti'n mynd?'

'I Balas y Cofio,' atebodd Cynfael. 'I ble arall?'

'Palas y Cofio?' ailadroddodd Jacob. 'Ble mae hwnnw?'

Edrychodd Cynfael ar Steffan. 'Dyw dy ffrind di ddim yn gwybod llawer,' meddai.

'Dyw e ddim wedi bod yma'n hir,' meddai Steffan wrtho, gan ymddiheuro. Trodd at Jacob. 'Stori yw hi mae pobl yn ei hadrodd wrth ei gilydd fan hyn,' meddai. 'Maen nhw'n dweud os ei di i ben draw'r caeau codi cerrig a dal ati i gerdded i gyfeiriad yr haul yn machlud am dridiau, y byddi di'n dod i balas cerrig lle mae brenin a brenhines y wlad 'ma'n byw.'

'Ydy hynny'n wir?' gofynnod Jacob.

'Ddes i ddim o hyd iddo fe, mae hynny'n siŵr i ti,' meddai Cynfael wrtho.

'Aros funud,' torrodd Jacob ar ei draws. 'Fe ddwedaist ti 'ni'. Oedd rhywun arall gyda ti?'

Nodiodd Cynfael. 'Bachgen o'r enw Alun,' meddai. 'Ei syniad e oedd rhedeg i ffwrdd yn y lle cyntaf. Roedd e'n credu, petait ti'n gallu dod o hyd i dy ffordd i Balas y Cofio, y byddai'r brenin a'r frenhines yn rhoi popeth roeddet ti wedi'i golli yn ôl i ti.'

'Popeth roeddet ti wedi'i golli?' meddai Jacob. 'Beth yw ystyr hynny?'

Cododd Cynfael ei ysgwyddau. 'Dy atgofion, pwy a ŵyr, efallai'r bywyd adewaist ti ar ôl, hyd yn oed. Dyna roedd Alun yn ei gredu beth bynnag.'

Teimlodd Jacob ias o gyffro'n rhedeg drwy ei gorff. 'Pam roedd e'n meddwl hynny?' gofynnodd.

'Mae e'n rhan o'r stori,' meddai Cynfael wrtho, 'ac roedd Alun yn credu pob gair ohoni.'

'Oeddet ti'n ei chredu hi?' gofynnodd Jacob.

Roedd Cynfael yn dawel am dipyn. O'r diwedd, mewn llais oedd yn swnio'n llai sicr, meddai, 'Roedd hi'n werth rhoi cynnig arni.'

'Ond ddaethoch chi ddim o hyd i Balas y Cofio?'

'Y cyfan ddaethon ni o hyd iddo fe oedd llwch a chreigiau,' meddai Cynfael. 'Dyna'r cyfan sy 'na – llwch a chreigiau. Dim byd arall.'

'Felly fe ddest ti 'nôl.'

'Do, do.'

'Fe ddwedais i wrthot ti nad oedd stori,' meddai Steffan wrth Jacob. Cododd ar ei draed. 'Diolch am siarad â ni, Cynfael,' meddai.

'Unrhyw bryd,' meddai Cynfael. 'Fe wela' i di o gwmpas, Steffan.' Caeodd ei lygaid a dechrau hymian yn dawel wrtho'i hunan unwaith eto. Roedd hi'n amlwg fod y cyfweliad ar ben.

Cododd Jacob ar ei draed hefyd. Roedd e ar fin gadael pan feddyliodd e am rywbeth. 'Ble galla i ddod o hyd i Alun?' gofynnodd.

Agorodd lygaid Cynfael unwaith eto. 'Elli di ddim,' meddai.

'Pam lai?'

'Achos ddaeth e ddim yn ôl.'

'Ddaeth e ddim yn ôl?'

'Yn union.'

'Sut, felly?'

'Achos mai ffŵl oedd e,' meddai Cynfael. 'Roedd e'n gwrthod rhoi'r ffidl yn y to hyd yn oed pan oedd hi'n amlwg nad oedd pwynt cadw i fynd.'

'Ond beth ddigwyddodd iddo fe?'

'Dim syniad. Mae'n debyg iddo fe farw 'na.'

Allai Jacob ddim derbyn hyn. 'Mae e wedi marw'n barod,' meddai'n rhesymol. 'Ry'n ni i gyd wedi marw. Sut gelli di farw fwy nag unwaith?'

Ddwedodd Cynfael ddim byd. Roedd e fel petai'n meddwl am hyn. Wedyn, ar ôl amser hir, cododd ar ei draed. 'Gad i mi ddeall hyn yn iawn,' meddai. 'Rwyt ti'n meddwl ein bod ni i gyd wedi marw, wyt ti?'

'Dwi'n gwybod ein bod ni,' meddai Jacob wrtho'n bendant.

'A dwyt ti ddim yn credu y gallwn ni farw eto. Dyna sut mae hi, ie?'

'Ie.'

Yn sydyn a heb unrhyw rybudd, pwysodd Cynfael ymlaen a rhoi eithaf ergyd i Jacob ar draws ei wyneb. Camodd e yn ôl mewn sioc. Cododd ei law at ei foch a oedd yn pigo'n gas. 'Am beth oedd honna?' mynnodd.

'Deimlaist ti'r ergyd?' gofynnodd Cynfael.

'Wrth gwrs hynny,' meddai Jacob yn flin a chrac. 'Roedd hi'n brifo.'

Nodiodd Cynfael. 'Fe ddwedaist ti wrtha i beth roeddet ti'n 'i gredu. Nawr dwi am ddweud wrthot ti beth dwi'n 'i gredu. Os wyt ti'n gallu teimlo poen, rwyt ti'n gallu marw. Wyt ti'n deall?'

Nodiodd Jacob yn araf. Roedd hi mor glir â'r grisial beth roedd Cynfael yn ei ddweud: doedd un farwolaeth ddim o angenrheidrwydd yn golygu'r diwedd.

'Wyt ti eisiau dod o hyd i Alun?' aeth Cynfael yn ei flaen. 'Cer i chwilio am ei esgyrn. Maen nhw yno gyda'r llwch a'r creigiau.'

10. Y FFORDD I UNMAN

Yn ystod y diwrnodau canlynol allai Jacob ddim peidio â meddwl am Balas y Cofio. Ymddangosodd delwedd ohono yng nghefn ei feddwl, gan fynd yn gryfach o hyd, a gofynnodd iddo'i hunan a allai fod yn lle go iawn. Er i Cynfael wfftio'r syniad, rhaid ei fod wedi credu ynddo'n ddigon cryf unwaith iddo fod eisiau cychwyn ar ei daith. A beth am Alun? Oedd ei esgyrn mewn gwirionedd yno'n gorwedd yn rhywle y tu hwnt i'r caeau codi cerrig? Neu oedd e wedi cyrraedd pen ei daith?

Ailadroddodd Jacob stori Cynfael wrtho'i hunan am y brenin a'r frenhines oedd yn byw yno, y gallen nhw roi popeth roedd rhywun wedi'i golli yn ôl iddyn nhw, nid dim ond yr atgofion ond efallai hyd yn oed y bywyd roedden nhw wedi'i adael ar ôl. O'r diwedd penderfynodd fynd i chwilio am Balas y Cofio ei hunan, beth bynnag fyddai'r gost.

Doedd e ddim yn benderfyniad hawdd ei wneud. Byddai ar ei ben ei hun eto, wyneb yn wyneb â'r un ymdeimlad erchyll o unigrwydd roedd e wedi'i deimlo pan ddeffrodd gyntaf yn y cae wrth yr afon. Ac er nad oedd e'n hoffi dim byd am Locws, o leiaf roedd e'n gyfarwydd â'r lle. Byddai gadael yn golygu gorfod cefnu ar ei ffrindiau. Fyddai neb i'w gysuro pan fyddai ei ddewrder yn pallu a neb ond ef ei hunan i'w feio os byddai'r cyfan yn ofer. Ond roedd e'n dal i deimlo nad oedd dewis ganddo. Roedd e fel rhywun oedd wedi byw mewn tywyllwch dudew am amser hir ac sy'n gweld llygedyn o oleuni'n sydyn.

Roedd e wedi trefnu i gwrdd ag Aysha y diwrnod gorffwys nesaf i drafod yr hyn oedd wedi digwydd yn y *séance*. Er syndod iddo, gofynnodd Tudur a allai e ddod, hefyd. Ar ôl brecwast, i ffwrdd â'r ddau drwy'r strydoedd cul tua'r sgwâr bychan â'r meinciau pren. Doedd dim sôn am Aysha pan gyrhaeddon nhw yno ond cyrhaeddodd hi ychydig funudau'n ddiweddarach. Doedd hi ddim fel petai gwahaniaeth ganddi fod Tudur yno hefyd, rhoddodd yr un wên ddwys iddo fe a Jacob. Doedd dim dwywaith amdani, penderfynodd Jacob, nid hi oedd y ferch roedd e wedi cwrdd â hi gyntaf. Roedd hi wedi mynd yn llawer mwy difrifol, yn ddyfnach, rywsut. Edrychodd arno â'i llygaid brown, awyddus. 'Sut mae pethau wedi bod gyda ti?' gofynnodd hi.

'Lan a lawr,' meddai Jacob.

Nodiodd hi fel pe na bai angen eglurhad pellach.

'Ond mae gen i rywbeth pwysig i'w ddweud wrthot ti,' aeth e yn ei flaen. 'Y ddau ohonoch chi,' ychwanegodd, oherwydd er bod Tudur yn gwybod am ei ymweliad â Cynfael, doedd Jacob ddim wedi sôn am fanylion eu sgwrs, gan ei bod hi'n well ganddo feddwl am bethau'n gyntaf. Nawr eglurodd yn union beth oedd wedi digwydd, gan ddisgrifio hyd yn oed sut roedd Cynfael wedi rhoi ergyd iddo ar y diwedd.

'Mae Steffan wastad wedi dweud mai un rhyfedd yw e,' meddai Tudur.

'Fyddwn i ddim yn dweud mai un rhyfedd yw e,' atebodd Jacob. 'Dwi'n meddwl ei fod e'n glyfar iawn ac yn ddewr, hefyd. Mae angen bod yn ddewr iawn, siŵr o fod, i ddechrau ar y daith honno. Ond dwi'n credu hefyd ei fod e'n difaru iddo ddod yn ôl.'

'Ddwedodd e hynny?' gofynnodd Aysha.

'Naddo, naddo. Mewn gwirionedd fe awgrymodd e i'r gwrthwyneb,' atebodd Jacob, 'ac efallai mai fi sy'n anghywir. Dim ond dyfalu dwi. Ond dyna'r teimlad gefais i pan feddyliais i am y peth wedyn. Ro'n i'n teimlo ei fod e, yn y bôn, yn dal i gredu ym Mhalas y Cofio. Dyna pam nad yw e'n hoffi siarad llawer am y lle.'

Meddyliodd y ddau arall am hyn. Wedyn siaradodd Aysha. 'Beth amdanat ti?' gofynnodd hi. 'Wyt ti'n credu ynddo fe?'

'Dwn i ddim,' meddai Jacob. 'Pan ddwedaist ti gyntaf wrtha i dy fod ti'n meddwl ein bod ni wedi marw doeddwn i ddim yn credu'r peth, ond dwi yn nawr. Felly dwi ddim yn siŵr ei bod hi'n bosib i mi ddweud mewn gwirionedd. Does dim gwahaniaeth beth bynnag, achos dwi wedi penderfynu 'mod i'n mynd i chwilio amdano fe a, beth bynnag fydd yn digwydd, dwi ddim yn dod yn ôl. Dyna ro'n i eisiau 'i ddweud wrthoch chi.' Wrth iddo ddweud hyn teimlodd faich unigrwydd yn dechrau disgyn arno unwaith eto. Cyhyd ag oedd e heb sôn am ei benderfyniad, roedd hi bob amser wedi bod yn bosibl iddo newid ei feddwl. Nawr roedd e wedi ymrwymo ac roedd e'n sylweddoli nad dim ond dweud wrth ei ffrindiau am ei benderfyniad roedd, roedd e hefyd yn dweud hwyl fawr wrthyn nhw.

'Ond efallai mai dim ond breuddwyd yw'r cyfan,' meddai Tudur.

'Dwi'n sylweddoli hynny,' meddai Jacob wrtho. 'Ond on'd yw hi'n well mynd i chwilio am freuddwyd na threulio dy amser yn casglu cerrig mewn gwlad heb obaith?'

Nodiodd Tudur yn araf. 'Efallai dy fod ti'n iawn,' meddai. 'Pryd roeddet ti'n bwriadu gadael?'

'Cyn gynted ag sy'n bosibl,' atebodd Jacob.

Roedd Aysha wedi cadw'n dawel ers iddi ofyn i Jacob a oedd e'n credu yn stori'r palas ai peidio. Nawr dyma hi'n siarad. 'Dwi'n dod gyda ti,' meddai hi'n bwyllog ac yn dawel ond roedd ei llais yn llawn penderfyniad.

Yn syth, teimlodd Jacob ryddhad mawr. Fyddai e ddim yn unig wedi'r cyfan. Serch hynny, teimlai e y dylai geisio ei hannog i beidio â dod. 'Does dim rhaid i ti wneud hynny,' meddai e.

'Dwi'n gwybod,' atebodd hi. 'Ond dwi eisiau dod. Rwyt ti'n iawn am y lle 'ma. Allwn ni ddim aros yma. Nid byw rydyn ni, go iawn. Lladd amser rydyn ni a dwi ddim eisiau gwneud hynny bellach.'

'Dwi'n dod, hefyd,' meddai Tudur.

Edrychodd y ddau arno. Doedd ei wyneb ddim yn dangos pendantrwydd fel un Aysha a gallai Jacob fod wedi tyngu bod ei lais wedi crynu ychydig. 'Efallai y dylet ti feddwl am y peth yn gyntaf,' awgrymodd e.

'Os meddylia i ormod am y peth, wnaf i ddim ohono fe,' meddai Tudur. 'Mae'n rhaid i ti adael i mi ddod.'

'Wrth gwrs y cei di ddod,' meddai Jacob. Sylweddolodd ei fod yn gwenu am y tro cyntaf ers oesoedd.

Penderfynon nhw fynd y diwrnod gorffwys canlynol pan na fyddai neb yn gweithio yn y caeau casglu cerrig. 'Fe ddylen ni gychwyn yn gynnar yn y bore,' meddai Aysha, 'wrth i'r wawr dorri. Felly fe fydd gobaith i ni fynd yn ddigon pell cyn y bydd unrhyw un o gwmpas.'

'Wyt ti'n meddwl y byddan nhw'n ceisio ein rhwystro ni?' gofynnodd Tudur yn nerfus.

'Dwi ddim yn siŵr,' atebodd Jacob, 'ond dwi'n amau hynny rywsut. Mae'r goruchwylio'n llac iawn on'd yw e?'

'Efallai mai oherwydd nad oes unman i fynd mae hynny,' awgrymodd Tudur.

Roedd hi'n amlwg nad oedd penderfyniad Tudur yn gadarn iawn. Gallai e fynd yn benisel a digalon yn gyflym iawn. Sylweddolodd Jacob y gallai hyn fod yn broblem yn y diwrnodau i ddod. 'Efallai nad oes unman i fynd iddo,' atebodd. 'Efallai ein bod ni'n dilyn ffordd i unman. Ond dyna'r unig ffordd y galla i 'i gweld ac mae hi'n arwain o fan hyn. Mae hynny'n ddigon da i mi.'

Doedd dim llawer o drefniadau i'w gwneud. Cytunon nhw y byddai pob un ohonyn nhw'n mynd â phecyn bwyd ychwanegol o'r ffreutur ar y ddau ddiwrnod cyn iddyn nhw adael, felly byddai bwyd a diod ganddyn nhw ar gyfer y daith. A phenderfynon nhw y byddai hi'n well pe na baen nhw'n mynd i'r gwely'r noson gynt. Dyna'r unig ffordd y gallen nhw fod yn siŵr o ddeffro'n ddigon cynnar. 'Fe allwn ni ddod o hyd i rywle i gysgu ar ôl i ni fynd heibio i'r caeau casglu cerrig,' meddai Aysha.

Roedd hi'n anodd gwrthsefyll y demtasiwn o ddweud wrth y lleill am eu cynlluniau ond roedden nhw wedi penderfynu mai eu cadw nhw'n gyfrinachol oedd orau. Y noson cyn iddyn nhw adael, byddai'n rhaid i'r gwirionedd ddod i'r amlwg, wrth gwrs, oherwydd byddai Aysha'n treulio'r nos yn eu hystafell wely nhw. Ond tan hynny, fydden nhw ddim yn sôn wrth neb arall am y peth. Ond roedd rhywbeth amdanyn nhw dros yr ychydig ddiwrnodau canlynol, rhyw gyffro tawel efallai, a wnaeth i'r bechgyn eraill edrych yn rhyfedd ar Tudur a Jacob. Steffan holodd nhw yn y diwedd.

'Beth sydd ar y gweill gyda chi'ch dau?' gofynnodd un bore wrth iddyn nhw eistedd yn y ffreutur yn bwyta'u brecwast.

'Pwy, ni?' gofynnodd Tudur gan geisio swnio mor ddiniwed â phosibl ond gan edrych yn hynod o euog.

'Dim ond mwynhau pryd hyfryd arall yn Locws ry'n ni,' meddai Jacob wrtho.

Nodiodd Steffan fel petai ateb Jacob yn cadarnhau'r hyn roedd e wedi bod yn 'i feddwl. 'Dwyt ti byth yn mynd i roi'r ffidl yn y to, wyt ti?' gofynnodd.

Edrychodd Jacob arno'n ansicr. Dechreuodd deimlo'n anesmwyth wrth iddo feddwl tybed faint roedd Steffan wedi'i ddyfalu.

Ond rhaid bod Steffan yn gwybod am beth roedd e'n ei feddwl oherwydd gwenodd yn gam. 'Peidiwch â phoeni amdanaf i,' meddai. 'Dwi'n gallu cadw cyfrinach.'

Beth bynnag, doedd dim rhaid iddo ei chadw hi'n hir. O'r diwedd dim ond un diwrnod oedd ar ôl. Ei ddiwrnod olaf yn Locws, meddai Jacob wrtho'i hun. Y noson honno, ar ôl swper, daeth Aysha yn ôl i'w hystafell wely nhw. Roedd hi'n syndod i'r lleill ei gweld hi. 'Ydyn ni'n c-c-cynnal *séance* arall?' roedd Ifor eisiau gwybod.

Ysgydwodd Jacob ei ben. 'Mae Tudur, Aysha a finnau'n gadael yn gynnar bore fory,' meddai. 'Dydyn ni ddim yn dod yn ôl.'

'Mae'n debyg eich bod chi'n mynd i chwilio am Balas y Cofio,' meddai Steffan.

'Ydyn, wir,' atebodd Jacob. Arhosodd i Steffan wneud rhyw sylw crafog, ond ddwedodd Steffan ddim byd. Wedyn ar ôl ychydig meddai, 'Wel, dwi'n dymuno lwc dda i chi.'

I ddechrau roedd Jacob wedi synnu gormod i ateb. Wedyn, ymbwyllodd ac meddai, 'Diolch, Steffan.'

Roedd hi'n fwy anodd na'r disgwyl iddyn nhw aros ar ddi-hun ar ôl i'r goleuadau ddiffodd. I ddechrau eisteddon nhw yn y tywyllwch gan wrando ar y lleill yn chwarae'r gêm atgofion. Wedyn, wrth i'w lleisiau nhw fynd yn fwy cysglyd a diflannu'n llwyr yn y diwedd, sibrydon nhw am eu hatgofion eu hunain wrth ei gilydd. Ond cyn hir roedden nhw wedi rhedeg allan o bethau i'w dweud wrth ei gilydd a doedd dim i'w wneud ond eistedd ac aros i'r nos fynd heibio. O'r diwedd, ar ôl iddo sylweddoli ei fod yn cwympo i gysgu am y trydydd tro, daeth Jacob i benderfyniad. 'Beth am i ni beidio ag aros tan i'r wawr dorri?' meddai. 'Beth am adael nawr? Fel arall fe fyddwn ni'n cwympo i gysgu a cholli ein cyfle.' Cytunodd y lleill. Codon nhw ar eu traed, gan gario pecyn bwyd ym mhob llaw, cropian yn dawel rhwng y rhesi o fechgyn oedd yn cysgu, agor y drws ffrynt a chamu allan i'r nos.

Roedd yr awyr yn olau gan sêr a safon nhw am eiliad i syllu i fyny arni. Roedd Jacob wedi dod i gredu na allai dim byd am Locws fod yn hardd. Ond bu bron i awyr y nos gymryd ei wynt. Aysha alwodd nhw'n ôl i'r dasg o dan sylw. 'Dewch,' meddai. 'Rhaid i ni beidio â llusgo'n traed fan hyn.'

Doedden nhw ddim yn disgwyl iddi fod mor oer y tu allan. Doedd defnydd tenau eu hiwniffformau ddim yn addas i'r nos a chyn pen ychydig funudau roedden nhw i gyd yn crynu. 'Beth am redeg?' awgrymodd Jacob. 'Fe gawn ni ein gwres wedyn.' Cytunodd y lleill ac i ffwrdd â nhw dan redeg, gan ddilyn y llwybr roedd y bws yn ei gymryd tuag at y caeau casglu cerrig.

Ar ôl iddyn nhw dwymo, arafon nhw gan gerdded yn gyflym, a dechrau rhedeg bob hyn a hyn pan oedd yr oerfel yn ormod iddyn nhw. Hyd yn oed wrth deithio fel hyn, fe gymerodd hi gryn dipyn o amser iddyn nhw gyrraedd y caeau casglu cerrig. 'Tybed pa mor bell mae'r rhain yn ymestyn?' meddai Jacob, wrth iddyn nhw wneud eu ffordd ar hyd y ffordd o dan olau'r lleuad.

'Tipyn o ffordd, dwi'n meddwl,' meddai Tudur wrtho.

Roedd e'n iawn. Roedd y darnau oedd wedi'u hamgáu â rhaff yn ymddangos fel petaen nhw'n parhau am byth ac roedd golau gwan cyntaf y wawr yn dechrau gollwng i'r awyr cyn iddyn nhw eu gadael yn y diwedd. Ond ar ôl iddyn nhw fynd heibio i'r caeau casglu cerrig, roedd y ffordd fel petai hi'n dod i ben yn llwyr. Stopion nhw i ystyried eu sefyllfa. 'Beth wnawn ni nawr?' gofynnodd Tudur.

'Cadw i fynd, siŵr o fod,' meddai Jacob. 'Dwi'n credu bod yr haul yn machlud yn y cyfeiriad 'na,' ychwanegodd, gan bwyntio ymlaen ac i'r dde.

Roedd hi'n anodd dweud llawer am y wlad lle roedden nhw oherwydd roedd hi'n dal yn weddol dywyll. Ond roedd y golau gwan oedd yno'n dangos gwastadedd anial. Yma a thraw roedd ambell goeden fer yn torri ar yr undonedd ond yn y bôn roedd e'n union fel roedd Cynfael wedi'i ddisgrifio fe: dim byd ond llwch a cherrig.

'Man a man i ni gadw i fynd,' meddai Jacob.

'Fe allen ni chwilio am rywle i gysgu,' awgrymodd Aysha.

'Syniad da,' cytunodd Jacob.

Ond doedd dod o hyd i rywle i orffwys yn y tiroedd sych yma ddim mor hawdd. Dalion nhw ati i gerdded wrth i'r byd oleuo o'u cwmpas a dechreuon nhw deimlo'n ofnadwy o flinedig. O'r diwedd meddai Tudur, 'Fe fydd yn rhaid i ni stopio cyn bo hir. Dwi bron yn cerdded yn fy nghwsg.' Eisteddon nhw wrth ddwy goeden fer nad oedd yn cynnig llawer o gysgod ond oedd yn well na dim. Agoron nhw eu pecynnau cinio, bwyta ac yfed ychydig, yna gorweddon nhw ar y llawr a chysgu.

Roedd hi'n ganol dydd ac roedd yr haul yn teimlo'n boeth ar ei ben wrth i Jacob sefyll ar ben y ffens wifrau, gan geisio cyd-bwyso cyn neidio i lawr. Doedd y ffens ddim wedi'i hadeiladu i gymryd ei bwysau a siglodd ychydig, felly hanner neidiodd, hanner cwympodd, gan lanio ar ei ddwylo a'i benliniau yr ochr draw. Doedd e ddim wedi cael niwed, ond cydiodd yn ddamweiniol mewn danadl poethion wrth iddo lanio felly roedd ei law yn cosi lle cafodd ei bigo. Cododd ar ei draed a rhwbio'i law yn erbyn ei goes, yn ymwybodol ei fod yn hwyr ac y byddai'r lleill yn disgwyl amdano. Gwnaeth ei ffordd drwy wair trwchus, i lawr llethr ar hyd llwybr garw. Wrth iddo wthio'i ffordd drwy ddrain, gwelodd nhw, yn edrych yn ddiamynedd tuag ato. Am ryw reswm, ar ôl iddo ddod o hyd iddyn nhw, roedd Jacob yn gyndyn o fynd i lawr i gwrdd â nhw. Roedd wedi rhedeg yr holl ffordd yma, a dringo'n drafferthus dros y ffens. Ond nawr doedd e ddim yn siŵr a oedd e eisiau mynd yn bellach. Dyma un ohonyn nhw, bachgen tal â gwallt byr a gwawd yn llond ei wyneb, yn galw arno, 'Wyt ti'n dod i lawr fan hyn neu beth?'

Heb ffwdanu ateb, aeth Jacob i lawr i ymuno â nhw.

Dechreuodd y bachgen â gwallt byr siarad. Roedd ganddo lais cras, anghyfeillgar ac allai Jacob ddim peidio â sylwi ei fod yn poeri rywfaint wrth ynganu rhai geiriau. Roedd e'n dweud wrth y lleill beth roedd e'n ei ddisgwyl ganddyn nhw. Ond doedd Jacob ddim yn gwrando ar ei eiriau. Syllai o hyd ar wyneb y bachgen, ar y ffordd roedd ei wefusau'n troi wrth iddo siarad, a'r diferion mân o boer oedd yn cael eu taflu o'i geg. Yn sydyn, stopiodd y bachgen. Rhaid ei fod wedi sylwi bod Jacob yn syllu arno'n rhyfedd. 'Beth sy'n bod arnat ti, twpsyn?' mynnodd.

Roedd Jacob yn gwybod ei fod yn cael ei sarhau ond am ryw reswm doedd dim gwahaniaeth ganddo mewn gwirionedd. Edrychodd yn llawn hiraeth ar y ffordd roedd e wedi dod arni. Gallai weld y ffens wifrau fwy neu lai dros ben y llwyni a sylwodd ar adar yn clwydo lle roedd e wedi bod eiliad yn ôl, yn ceisio cydbwyso cyn neidio i'r ddaear. Wrth iddo wylio, trodd un o'r adar ei ben a theimlodd Jacob am eiliad ei fod yn syllu'n syth arno. Wedyn agorodd ei big a dechrau canu.

Deffrodd a chodi ar ei eistedd, heb fod yn hollol siŵr i ddechrau ble roedd e. Wedyn cofiodd. Roedd Tudur ac Aysha yn dal i gysgu. Roedd ceg Tudur ar agor ac roedd e'n gwneud synau snwffian bach, fel rhyw fath o anifail. Cododd Jacob ar ei draed a chrwydro ychydig oddi wrth y coed, er mwyn ymestyn ei goesau. Yr un freuddwyd gafodd e eto, ac unwaith eto, teimlai'n siŵr ei bod yn ceisio dweud rhywbeth wrtho ond waeth faint roedd e'n ceisio deall ei hystyr, roedd e'n methu bob tro. Po fwyaf roedd e'n ymdrechu i'w deall, y mwyaf roedd manylion y freuddwyd yn diflannu fel mai dim ond delweddau brau oedd ar ôl yn y diwedd, fel darnau o gadach wedi'u rhwygo ar lwyn, yn hofran yn y gwynt cyn chwythu i ffwrdd yn gyfan gwbl.

11. Y DEDANIM

Deffrodd Tudur ac Aysha yn fuan wedyn ac i ffwrdd â'r tri ohonyn nhw eto. Llwyr ddiflannodd y cyffro roedden nhw wedi'i deimlo pan gamon nhw allan gyntaf o'r ystafell wely o dan awyr serog wrth iddyn nhw ddod yn gyfarwydd â cherdded yn ddiddiwedd dros filltiroedd ar filltiroedd o dir llychlyd. Ar ôl ychydig, meddai Tudur. 'Mae'n debyg y bydd y lleill yn cael brecwast erbyn hyn.'

Nodiodd Jacob. Roedd hi'n anodd dweud faint o'r bore oedd wedi mynd. Yn lle awyr las glir y wawr, roedd twr o gymylau llwyd wedi dod i guddio'r haul. Ond tybiodd fod Tudur yn iawn. Roedden nhw ymhell o olwg y caeau casglu cerrig pellaf erbyn hyn ac, oni bai bod pobl yn cael eu hanfon i chwilio amdanyn nhw, roedd hi'n ymddangos bod rhan gyntaf eu cynllun wedi bod yn llwyddiannus. Y cyfan roedd angen iddyn nhw ei wneud nawr oedd dod o hyd i Balas y Cofio.

Tua chanol y dydd gorffwyson nhw a bwyta'r hyn oedd yn weddill o'r bwyd yn y set gyntaf o becynnau cinio. Efallai y byddai hi wedi bod yn gallach iddyn nhw gadw rhywfaint i swper ond doedd y cinio ddim yn arbennig o fawr ac ar ôl iddyn nhw ddechrau bwyta roedd hi'n amhosibl stopio tan i'r bwyd gael ei orffen. Cyn ailgychwyn ar eu taith, palon nhw dwll a chladdu'r pecynnau bwyd gwag, gan fynd â photeli o ddiod gyda nhw'n unig.

Wrth iddo wneud ei gynlluniau, doedd Jacob ddim wedi disgwyl y byddai cerdded drwy'r dydd mor flinedig. Aeth y demtasiwn i stopio a gorwedd yn fwy anodd ei gwrthsefyll ac erbyn gyda'r nos roedden nhw i gyd wedi ymlâdd. Pan stopion nhw yn y diwedd, yng nghysgod creigiau anferth a edrychai fel petaen nhw wedi cael eu gollwng yn ddiofal gan ryw hil hynafol o gewri, tynnodd Tudur ei esgidiau a'i sanau a dangos iddyn nhw lle roedd y pothelli ar ei draed wedi ffrwydro a'r croen oddi tanyn nhw wedi torri ac yn gwaedu. Ond roedd Jacob ac Aysha yn llawer rhy brysur yn teimlo trueni drostyn nhw eu hunain i wastraffu llawer o drueni arno fe. Nawr roedden nhw'n difaru bwyta'u bwyd i gyd ynghanol y dydd.

'Efallai y dylen ni gael tamaid bach o fwyd yfory,' awgrymodd Tudur.

'Dwi ddim yn meddwl bod hynny'n syniad da,' meddai Jacob. 'Fe fydd hyd yn oed mwy o'i angen e arnon ni yfory. Mae'n rhaid i ni fod yn ddisgybledig.'

Edrychodd Tudur ar Aysha. 'Dwi'n cytuno â Jacob,' meddai wrtho. 'Cofia, fydd dim byd o gwbl gyda ni ar gyfer y trydydd diwrnod.'

'Fe ddylen ni fod wedi dod â rhagor o fwyd gyda ni,' cwynodd Tudur.

'Dylen, ond wnaethon ni ddim,' meddai Jacob.

'Sut gallen ni fod mor dwp?' meddai Tudur eto.

'Paid â chwyno, Tudur,' meddai Aysha.

Synnodd Tudur wrth glywed Aysha yn siarad mor swta. Edrychodd arni fel petai hi wedi rhoi ergyd iddo ac am eiliad meddyliodd Jacob y gallai ddechrau llefain. Ond wedyn ym-bwyllodd e. 'Mae'n ddrwg gen i,' meddai.

'Y peth gorau i'w wneud yw ceisio cael cymaint o gwsg ag sy'n bosibl,' meddai Jacob.

Nodiodd y ddau arall. Gorweddodd y tri ohonyn nhw ar y ddaear a chau eu llygaid. Er eu bod nhw mewn sefyllfa anghyfforddus, roedden nhw wedi cysgu mewn dim o dro.

Ynghanol y nos, deffrodd Jacob. Sŵn rhyw anifail yn udo yn y pellter oedd wedi ei lusgo o'i gwsg. Y sŵn a'r oerfel. Gan grynu, lapiodd ei freichiau amdano'i hunan.

'Wyt ti'n effro?' sibrydodd Aysha.

'Ydw.'

'Dwi'n rhewi,' meddai.

'A finnau hefyd. Wyt ti'n meddwl y dylen ni godi a dechrau cerdded eto?'

'Nac ydw. Fyddwn ni ddim yn gallu dweud i ba gyfeiriad rydyn ni'n mynd. Gad i ni roi ein breichiau am ein gilydd yn lle hynny,' meddai.

Symudodd Jacob yn nes ati a lapion nhw eu breichiau am ei gilydd. Gallai e deimlo ei hanadl ar ei foch a'i gwallt yn goglais ei dalcen. 'Dwi'n falch i ti ddod,' meddai wrthi.

'A finnau hefyd,' meddai hi.

'Wyt ti wir? Er ei bod hi mor galed arnon ni?'

'Ydw, wir,' meddai hi.

Wedyn aethon nhw'n ôl i gysgu, ac ni ddeffrodd yr un ohonyn nhw tan y bore.

Sŵn crio a ddihunodd Jacob y tro hwn, sŵn person arall yn teimlo'n drist dros ben. Cododd ar ei eistedd ac edrych o'i gwmpas yn ddryslyd. Heb fod ymhell i ffwrdd, gallai weld Tudur yn syllu i becyn bwyd gwag ac roedd hi'n amlwg mai fe wnaeth y sŵn.

'Beth sy'n bod?' gofynnodd Jacob.

Trodd Tudur a syllu arno. Roedd golwg hollol drist ar ei wyneb. 'Y bwyd!' meddai.

'Beth amdano fe?'

'Edrych arno fe!' Rhoddodd y pecyn bwyd i Jacob ac edrychodd yntau i mewn. Yn lle'r bwyd gwyn fel sbwng, dim ond pentwr bach o lwch oedd yno. 'Beth ddigwyddodd iddo fe?' gofynnodd Jacob.

Cododd Tudur ei ysgwyddau. 'Mae e wedi mynd yn ddim neu rywbeth,' meddai. 'Mae'r lleill yn union yr un fath. Mae'n rhaid mai dyna sy'n digwydd os wyt ti'n ceisio ei gadw e'n rhy hir. Fe ddylen ni fod wedi'i fwyta fe neithiwr!'

Teimlai Jacob yn wael am hyn. Wedi'r cyfan, fe oedd wedi mynnu cadw'r bwyd tan heddiw ac roedd e'n teimlo bod Tudur yn ei feio fe am yr hyn ddigwyddodd. 'Wydden ni ddim y byddai hyn yn digwydd,' meddai'n grintachlyd.

'Beth sy'n digwydd?' gofynnodd Aysha, oedd wedi cael ei deffro gan yr holl gynnwrf.

Eglurodd Jacob beth oedd wedi digwydd a gwrandawodd hi heb dorri ar draws. Pan oedd e wedi gorffen, y cyfan ddwedodd hi oedd, 'Does dim pwynt gwneud ffws am y peth. Fe fydd yn rhaid i ni fynd yn ein blaenau fel rydyn ni, dyna i gyd.'

Teimlai Jacob yn ddiolchgar iddi am beidio rhoi bai ar neb.

Drwy lwc, doedd yr un peth ddim wedi digwydd i'r ddiod a chawson nhw ychydig i'w yfed cyn mynd ar eu taith unwaith eto. Roedd hi'n anodd peidio â meddwl am yr hyn oedd wedi digwydd ac, yn ystod rhan gyntaf y bore, ddwedodd neb ryw lawer. Teimlai Jacob fod Tudur yn dal i feddwl mai fe oedd yn gyfrifol ac roedd hyn yn ei bigo. Tudur dorrodd y tawelwch yn y diwedd.

'Fe ges i atgof newydd ddoe,' meddai.

'Dwed wrthon ni amdano fe,' awgrymodd Aysha.

'Fe gofiais i fod ar wyliau gyda fy rhieni.'

Doedd Jacob ddim wedi bod yn gyfarwydd â'r gair 'gwyliau' cyn hyn ond wrth i Tudur siarad roedd y syniad fel petai'n datblygu yn ei feddwl, a'i ystyr yn tyfu fel blodyn yn agor tua'r haul. Cofiodd mai cyfnod oedd gwyliau pan oedd rhywun yn rhoi'r gorau i'w fywyd arferol ac yn gwneud rhywbeth gwahanol, fel ymweld â rhywle pell i ffwrdd. Roedd yn gyfnod o gyffro mawr a theimlodd rywfaint o'r cyffro hwnnw'n dod drosto nawr.

'Roedden ni mewn car,' aeth Tudur yn ei flaen. 'Fy nhad oedd yn gyrru a dwi'n cofio edrych allan o'r ffenest ar arwydd wrth ymyl y ffordd.'

'Beth oedd e'n 'i ddweud?' gofynnodd Jacob.

'Dwn i ddim,' meddai Tudur wrtho. 'Allwn i mo'i ddeall e.'

'Pam?'

'Achos ei fod e mewn iaith wahanol.'

'Iaith wahanol,' ailadroddodd Jacob. Dechreuodd hyn wneud synnwyr iddo hefyd. Wrth gwrs! Roedd pobloedd oedd yn siarad ieithoedd gwahanol i'w iaith ef. Roedd yr ieithoedd hynny lawn cystal â'i iaith ef, gallen nhw gael eu defnyddio i olygu'r un pethau'n union, ond roedd ganddyn nhw eiriau gwahanol.

'Beth arall ddigwyddodd?' gofynnodd Aysha.

'Dyna'r cyfan dwi'n 'i gofio,' meddai Tudur. 'Ond wedyn, allwn i ddim peidio â meddwl: tybed ble mae'r holl bobl sydd wedi marw, fel ni, ond sy'n siarad ieithoedd eraill? Hynny yw, mae pawb yn Locws fel petaen nhw'n siarad yr un iaith. Felly ble mae'r lleill?'

'Oes gwahaniaeth?' gofynnodd Jacob.

'Dwi'n credu bod,' meddai Tudur.

'Wel, efallai eu bod nhw mewn rhan wahanol o Locws,' awgrymodd Jacob. 'Cofia nad ydyn ni'n gwybod pa mor fawr ydy e. Neu efallai bod pawb yn siarad yr un iaith ar ôl iddyn nhw farw.'

Roedd fy nhad i'n siarad iaith wahanol,' meddai Aysha, yn sydyn. 'Ddim drwy'r amser, dim ond weithiau. Dim ond newydd gofio hynny dwi.'

'Peth arall a'm trawodd i oedd hyn,' aeth Tudur yn ei flaen. 'Mae pawb yn Locws fwy neu lai'r un oedran â ni.'

'Heblaw am yr oedolion,' sylwodd Jacob.

'Ie, ond does dim llawer iawn ohonyn nhw, oes e?' atebodd Tudur. 'Felly beth sy'n digwydd i'r holl bobl sy'n marw ar oed-rannau gwahanol: babanod neu hen bobl, er enghraifft. Ble maen nhw?'

'Pwy a ŵyr?' meddai Jacob. Doedd e'n dal ddim yn gallu gweld pam roedd hyn yn bwysig.

'Ie, ond dylai fod o leiaf cymaint o oedolion ag sydd o blant,' aeth Tudur yn ei flaen. 'Mwy, siŵr o fod. Ond dim ond Fyrsil a Berith a'r gyrrwr bws rydyn ni'n 'u gweld ac maen nhw fel petaen nhw'n perthyn yno.'

'Beth am y gweision?' atebodd Jacob. 'Wyddon ni ddim faint sydd ohonyn nhw.'

'Dwi ddim yn credu eu bod nhw erioed wedi bod yn fyw,' meddai Tudur. 'Ddim fel roedden ni, beth bynnag. Dim ond hanner byw maen nhw nawr, os wyt ti'n gofyn i mi. Yr unig reswm maen nhw'n bodoli yw i gadw'r lle i fynd.'

'Wyddoch chi beth dwi'n 'i feddwl?' gofynnodd Aysha.

'Beth?'

'Dwi'n meddwl efallai nad dim ond un man sydd lle mae pobl yn mynd pan fyddan nhw'n marw. Dwi'n meddwl y gallai fod nifer fawr o wahanol fannau. Cannoedd, efallai miliynau, dwn i ddim.'

'Felly sut rydyn ni wedi dod at ein gilydd yn yr un man?' gofynnodd Tudur.

'Efallai mai dyna sut digwyddodd hi,' atebodd Jacob.

'Neu efallai bod rheswm,' meddai Aysha.

'Pa fath o reswm?'

'Efallai bod rhywbeth gyda ni i ddysgu oddi wrth ein gilydd.'

'Ie,' meddai Tudur, yn gyffrous. 'Dyna ro'n i'n 'i feddwl. Hynny yw, dwi wedi bod yn meddwl drwy'r bore na fyddwn i wedi rhedeg i ffwrdd ar fy mhen fy hun. Roedd angen pobl eraill arna i i'm hannog i. Ac wedyn, pan welais i nad oedd unrhyw fwyd ar ôl gyda ni, ro'n i'n teimlo fel troi'n ôl.'

Roedd Jacob wedi siomi. Roedd e wedi teimlo'n drist am y bwyd ond doedd e ddim hyd yn oed wedi meddwl am y syniad o droi'n ôl. Ar yr un pryd teimlai ei bod hi'n bwysig na ddylai Tudur deimlo fod yn rhaid iddo fe aros gyda nhw. 'Fe gei di droi'n ôl os wyt ti eisiau,' meddai e wrtho.

Ysgydwodd Tudur ei ben. 'Dwi ddim eisiau,' meddai yntau. 'Dyna'r pwynt. Dwi eisiau cadw i fynd ond dwi ddim yn siŵr y gallwn i wneud hynny ar fy mhen fy hunan. Dyna pam mae arna i eich angen chi'ch dau.'

Roedd rhywbeth diniwed iawn amdano pan ddwedodd hyn a gallai Jacob ddychmygu sut roedd wedi edrych yn fachgen ifanc iawn. Sylweddolodd ei fod yn maddau i Tudur am gwyno nad oedden nhw wedi bwyta'r bwyd y noson flaenorol. Doedd

Tudur ddim mor gryf ag roedd e, neu Aysha o ran hynny. Ond roedd gan Tudur rinweddau eraill. Roedd e'n galon i gyd ac roedd rhywbeth amdano a oedd yn gwneud i'r ddau arall deimlo'n gryfach. 'Mae arnon ni dy angen di hefyd, Tudur,' meddai Jacob.

Erbyn iddyn nhw stopio ganol dydd, roedd coesau Jacob yn crynu gan wendid ac roedd e'n meddwl y gallen nhw roi oddi tano unrhyw funud. Gorweddodd y tri wrth ochr boncyff coeden wedi gwywo, yn ddiolchgar o gael egwyl o'r diwedd ar ôl yr orymdaith ddiddiwedd ar draws y tir creigiog. Yfon nhw ambell ddiferyn gwerthfawr o'u diodydd. Ddwedodd neb ddim byd wedyn am y diffyg bwyd ond yn dawel bach roedden nhw i gyd yn difaru iddyn nhw fynd o Locws heb ddigon o fwyd a diod. Am yr ychydig oriau diwethaf roedd Jacob wedi bod yn meddwl tybed a allen nhw ddod o hyd i rywbeth i'w fwyta o'u hamgylch, ond roedd y tirwedd i gyd yn ddiffrwyth. Wrth iddo roi'r caead yn ôl yn anfodlon ar ei botel o ddiod, meddyliodd eto am eiriau Cynfael, ac am yr hyn roedd e'n credu oedd wedi digwydd i'w ffrind Alun. Oedd yr un peth yn mynd i ddigwydd iddyn nhw?

Caeodd ei lygaid. Doedd e ddim yn bwriadu mynd i gysgu, dim ond gorffwys am ychydig ond roedd e'n ymwybodol yn syth, pan agorodd e nhw unwaith eto, fod cryn dipyn o amser wedi mynd heibio. Er bod yr haul wedi'i guddio y tu ôl i haen drwchus o gymylau, roedd hi'n dal yn bosib dweud fod ei safle yn yr awyr wedi newid. Tybiodd Jacob ei bod hi'n hwyr y

129

prynhawn erbyn hyn. Trodd i alwar y lleill oedd yn cysgu wrth ei ochr ond cyn iddo wneud hynny, sylwodd ar rywbeth yn symud yn y pellter. Safodd i weld yn well a syllu'n drafferthus tua'r gorwel. Roedd e'n edrych fel cwmwl o lwch ond roedd e fel petai'n mynd yn fwy drwy'r amser. Wedi'i siomi, meddyliodd tybed ai rhyw fath o storm ryfedd oedd hi ond yn sydyn sylweddolodd beth oedd e: pobl ar gefn ceffyl.

'Aysha! Tudur!' galwodd.

Cododd y ddau arall ar eu heistedd a syllu'n gysglyd o'u cwmpas. 'Beth sy?' gofynnodd Aysha.

'Marchogion,' meddai Jacob wrthyn nhw. 'Yn dod tuag aton ni.'

Cododd Aysha a Tudur ar eu traed ar frys a syllu i'r cyfeiriad roedd e'n pwyntio. Doedd dim modd camgymryd hyn. Roedd criw o farchogion yn symud i'w cyfeiriad nhw, gan deithio ar gryn gyflymder.

'Ydych chi'n meddwl eu bod nhw wedi cael eu hanfon i edrych amdanon ni?' gofynnodd Tudur.

'Maen nhw'n dod o gyfeiriad gwahanol i Locws,' sylwodd Jacob.

'Efallai y dylen ni guddio beth bynnag,' awgrymodd Tudur.

'Ble?' gofynnodd Aysha.

Edrychon nhw o'u cwmpas. Doedd dim unman i guddio. 'Fe fydd yn rhaid i ni aros a gweld beth fydd gyda nhw i'w ddweud, dyna i gyd,' meddai Jacob.

Y peth cyntaf ddaeth yn amlwg wrth i'r marchogion ddod yn nes oedd nad oedden nhw'n gwisgo iwnifform lwyd gyfarwydd Locws. I'r gwrthwyneb, roedd eu dillad fel petaen nhw o bob lliw dan haul, pob gwisg yn glytwaith o liwiau, fel petaen nhw eisiau tynnu cymaint o sylw atyn nhw eu hunain â phosib. Roedd dynion a menywod yn marchogaeth gyda'i gilydd ochr yn ochr, a phawb yn gwisgo trowsusau llac a thiwnigau llewys byr. Roedd gwallt y menywod yn hir, wedi'i glymu'n ôl â rhwymynnau o arian ac aur, a'r rheini'n fflachio wrth iddyn nhw farchogaeth. Roedd barfau gan y dynion ond roedd eu gwallt yn fyr. Roedd tatŵs dros eu breichiau a'u gyddfau i gyd.

Wrth iddyn nhw ddod o fewn pellter cyfarch, cododd y dyn ar flaen y rhes ei law, a daeth y marchogion i stop yn sydyn. Wedyn siaradodd yr arweinydd mewn llais uchel, clir. 'Cyfarch-ion, fy ffrindiau.'

'Cyfarchion,' atebodd Jacob, yn ansicr.

'Gaf i ofyn beth sy'n dod â chi i'r parthau hyn?' aeth y dyn yn ei flaen.

Oedodd Jacob, oherwydd nad oedd yn siŵr faint roedd hi'n ddoeth i'w ddweud wrth y dieithryn hwn. Ond cyn iddo benderfynu, siaradodd Tudur. 'Ry'n ni'n chwilio am Balas y Cofio,' meddai.

Yn syth, dechreuodd y marchogion floeddio chwerthin. Cododd y dyn oedd wedi siarad ei law a thawodd y chwerthin yn syth. 'Wel, mae arna i ofn eich bod chi'n gwastraffu eich amser,' meddai'n ddifrifol, 'oherwydd does dim o'r fath le.'

'Ydych chi'n siŵr?' mynnodd Tudur.

'Yn hollol siŵr,' atebodd y dyn. 'Stori yw Palas y Cofio, dim mwy.'

'Ond sut gallwch chi fod yn siŵr o hynny?' mynnodd Aysha. 'Efallai nad ydych chi wedi dod ar ei draws, dyna i gyd.'

Gwenodd y dyn arni'n drist. 'Dydych chi ddim yn deall â phwy rydych chi'n siarad,' meddai wrthi. 'Y Dedanim crwydrol ydyn ni. Ein cartref ni yw'r wlad hon ac rydyn i'n gyfarwydd â phob llwyn a phob craig. Petai palas o'r fath yn bodoli mewn gwirionedd, wyt ti'n meddwl na fydden ni'n gwybod amdano?'

Siaradai â'r fath argyhoeddiad fel ei bod hi'n amhosibl amau ei eiriau. Trodd Jacob i weld sut roedd y lleill wedi derbyn y newyddion. Roedd Tudur yn syllu'n syth o'i flaen, fel rhywun oedd wedi cael ei droi'n garreg. Roedd Aysha wedi codi ei dwylo dros ei hwyneb.

Roedd arweinydd y Dedanim yn syllu arni'n drist. Nawr siaradodd eto. 'Paid â chrio, ferch fach,' meddai ef.

Rhoddodd ei eiriau ryw fath o hwb i Aysha. Tynnodd ei dwylo o'i hwyneb a fflachiodd ei llygaid yn grac yn ôl arno. 'Dwi ddim yn crio,' meddai'n heriol, 'ac nid merch fach ydw i, chwaith.'

Cafodd Jacob ofn, gan deimlo'n siŵr y byddai ei geiriau'n cynddeiriogi'r dyn ond dim ond nodio wnaeth e, fel petai'n deall yn union sut roedd hi'n teimlo. 'Mae'n ddrwg gen i, fenyw ifanc,' meddai ef. 'Nid dy wawdio di oedd fy mwriad. Efallai y gallaf i wneud iawn am hyn drwy ofyn i ti a'th gymdeithion rannu pryd o fwyd â ni.'

Edrychodd Aysha ar y lleill a gweld, o'u hymateb, fod yr awgrym hwn mor dderbyniol iddyn nhw ag roedd iddi hithau. 'Diolch yn fawr iawn,' meddai hi. 'Fe fydden ni wrth ein boddau.'

Roedd hi'n rhyfeddol pa mor gyflym y daeth y Dedanim oddi ar eu ceffylau a gwneud gwersyll. Cyn hir roedd ganddyn nhw dân yn fflamio ac o'i gwmpas dechreuon nhw daenu rygiau oedd mor lliwgar â'u dillad. Dechreuon nhw goginio, y dynion a'r menywod yn gweithio gyda'i gilydd. Wrth iddyn nhw weithio, roedden nhw'n tynnu coes a chwerthin fel bod Jacob, Tudur ac Aysha yn teimlo'n hapusach dim ond wrth eu gwylio nhw. Ymhen dim roedden nhw'n teimlo'n hapusach eto wrth arogli'r bwyd yn cael ei baratoi. Daeth dŵr i'w dannedd a rhuodd eu stumogau hyd nes cafodd y bwyd ei weini o'r diwedd ar blatiau arian.

Allai Jacob ddim enwi dim oedd ar y plât o'i flaen ond teimlai'n sicr ei fod yn cael cynnig bwyd go iawn am y tro cyntaf ers iddyn nhw gyrraedd Locws. Rhoddodd ddarn yn ei geg yn awyddus a sylweddoli bod y blas hyd yn oed yn fwy rhyfeddol na'r arogl. Edrychodd ar y lleill ac roedd hi'n amlwg o'u hwynebau eu bod nhw hefyd wrth eu boddau.

Wrth iddyn nhw fwyta, gofynnodd arweinydd y Dedanim gwestiynau iddyn nhw am eu taith. Gwyddai am Locws. Y dref lwyd, roedd e'n ei galw hi. 'Fyddwn ni ddim yn mynd yno,' meddai. 'Mae meddwl am y lle'n ein llenwi ni â thristwch.'

'Felly ble rydych chi'n byw?' gofynnodd Jacob.

Rhoddodd arweinydd y Dedanim ei ddwylo ar led. 'Fel dwedais i wrthot ti,' meddai, 'y Dedanim crwydrol ydyn ni. Rydyn ni'n byw yn yr awyr agored, gan dreulio ychydig ddyddiau yma ac ychydig ddyddiau acw. Dydyn ni ddim yn gaeth wrth un lle, fel ceffyl wedi'i glymu wrth bostyn.'

Gwenodd wrth iddo ddweud hyn ac roedd Jacob yn meddwl bod bywyd y Dedanim yn un i'w edmygu.

Pan oedden nhw wedi bwyta ac yfed cymaint fel bod eu boliau'n dynn, edrychodd arweinydd y Dedamin i fyny i'r awyr. 'Mae hi'n amser i ni symud yn ein blaenau,' meddai. 'Dydy hwn ddim yn lle da i dreulio'r nos.'

'Ble byddwch chi'n treulio'r nos?' gofynnodd Aysha.

'Filltiroedd lawer o fan hyn,' meddai arweinydd y Dedanim wrthi. 'Ry'n ni'n gwybod am fan lle mae dŵr rhedegog a choed sy'n cynnig cysgod.'

Roedd ei ddisgrifiad yn eu llenwi â hiraeth mawr. Fel petai e'n sylweddoli hyn, oedodd am eiliad. Wedyn meddai e, 'Pam na ddewch chi gyda ni? Mae ceffylau sbâr gyda ni. Oni bai, wrth gwrs, y byddai hi'n well gyda chi barhau i chwilio am Balas y Cofio.'

'Fe fydden ni wrth ein boddau'n dod gyda chi,' meddai Tudur yn frwd. Wedyn trodd ac edrych yn ansicr ar y lleill. 'Oni fydden ni?'

Edrychodd Jacob ar Aysha. Ddwedodd hi ddim byd ond gallai e ddweud wrth edrych arni ei bod hi eisiau cytuno. Am eiliad meddyliodd Jacob am Balas y Cofio, am yr addewid wrth wraidd y stori y gallai'r brenin a'r frenhines roi popeth roeddet ti wedi'i golli'n ôl i ti. Wedyn gwthiodd y syniad o'r neilltu. Stori i blant oedd hi. Siaradodd ag arweinydd y Dedanim. 'Fe fyddai hi'n anrhydedd i ni gael dod gyda chi,' meddai.

Safodd arweinydd y Dedanim ar ei draed. 'Mae ein gwesteion wedi cytuno i ymuno â ni,' gwaeddodd. Bloeddiodd ei ddilynwyr hwrê fawr.

12. LLAIS YN Y GWYNT

Roedd marchogaeth gyda'r Dedanim fel bod yn rhan o ryw deulu mawr, estynedig, hapus. Dangosodd un dyn â barf ddu drwchus i Jacob sut i eistedd ar ei geffyl a sut i gydio yn yr awenau. Daeth un arall, oedd ag aur yn disgleirio yn ei ddannedd, i farchogaeth wrth ei ymyl a galw sylwadau caredig. Dwedodd eraill jôcs a chanu caneuon. Allai Jacob ddim cofio enwau unrhyw un ohonyn nhw ond doedd dim gwahaniaeth. Roedden nhw'n dal i droi ato â'u llygaid disglair a'u gwenau llachar. Roedd ei ymdrechion i reoli'r ceffyl yn eu goglais ond roedden nhw'n rhy gwrtais i chwerthin yn uchel. Roedd hi'r un fath i Aysha a Tudur. Roedden nhw'n eistedd yn uchel ar yr anifeiliaid nwyfus roedd y Dedanim wedi eu rhoi iddyn nhw, gan ganolbwyntio'n ffyrnig ar geisio aros yn y cyfrwy, ac edrych i fyny bob hyn a hyn i weld wynebau'n gwenu arnyn nhw i'w hannog. Drwy lwc, roedd y ceffylau'n gwybod beth roedden nhw'n ei wneud lawn cystal â'u marchogion, a doedd y Dedanim ddim yn teithio'n gyflym. Cyn hir, daeth Jacob, Tudur ac Aysha o hyd i rythm y gallen nhw ymdopi ag ef wrth i'r milltiroedd o dir creigiog ddiflannu o dan garnau eu ceffylau.

Ymhen tipyn, dechreuodd yr olygfa o'u cwmpas newid. Roedd yna goed a llwyni; tyfai glaswellt o dan eu traed. Roedd yr awyr yn teimlo'n wahanol hyd yn oed: yn llaith, yn bridd i gyd, yn llawn arogl pethau'n tyfu. O'r diwedd cododd arweinydd y Dedanim ei law ac unwaith eto daeth y rhes o geffylau i stop. Ar ôl i sŵn y carnau dawelu, daeth Jacob yn ymwybodol o sŵn arall. Doedd e ddim yn siŵr beth oedd e i ddechau ond wedyn daeth rhyw ran gudd o'i gof i'r wyneb a dweud beth oedd e: sŵn dŵr oedd yn rhedeg yn gyflym.

Daeth y Dedanim i gyd oddi ar eu ceffylau. Gwnaeth Jacob, Tudur ac Aysha yr un fath. Cafodd eu ceffylau eu harwain i fan lle roedd digon o borfa. Ar ôl bod mor hir yn y cyfrwy, teimlai coesau Jacob yn sigledig oddi tano a cherddodd yn ôl ac ymlaen i gyfarwyddo â bod ar ei ddwy droed ei hun unwaith eto tra roedd y Dedamin wrthi'n codi'u gwersyll o'i gwmpas, yn adeiladu tân, yn paratoi pryd o fwyd. Aeth at y dŵr. Dim ond nant fach oedd hi, yn llifo i lawr o ryw fryniau pellennig ond roedd hi'n hynod o hardd iddo fe. Plygodd a thasgu ychydig o ddŵr ar ei wyneb. Teimlai'n hyfryd o oer.

'Mae hi'n ymddangos fel petai pethau wedi gweithio'n lled dda wedi'r cyfan,' meddai Tudur, gan ymuno ag ef wrth ochr y nant. 'Efallai nad ydyn ni wedi dod o hyd i Balas y Cofio ond mae hyn yn well na Locws, yn siŵr i ti. O leiaf mae'r Dedanim fel petaen nhw'n mwynhau bywyd.' Plygodd, rhoi ychydig o ddŵr yng nghwpan ei ddwylo ac yfed.

Nodiodd Jacob. Doedd hi ddim mor hawdd iddo fe ag roedd hi i Tudur i anghofio ei freuddwyd o ddod o hyd i bopeth roedd e wedi'i golli, ond allai e ddim gwadu bod y cwmni roedden nhw ynddo nawr yn llawer mwy dymunol na'u bywyd diflas yn Locws.

Wedyn ymddangosodd Aysha wrth eu hochor a gwên fawr ar ei hwyneb. 'Dwi newydd fod yn siarad â Letwsim,' meddai hi wrthyn nhw.

'Â phwy?'

'Letwsim. Dyna enw'r arweinydd. Fe ddwedais i ei bod hi siŵr o fod yn wych cael bod mor rhydd, a gallu teithio fel y mynni di a gwneud fel y mynni di. Fe ddwedais i wrtho fy mod i'n eiddigeddus ohono fe a wyddost ti beth ddwedodd e?'

'Beth?'

'Fe ddwedodd e, does dim angen bod yn eiddigeddus, fenyw ifanc. Mae croeso mawr i ti a'th gymdeithion wneud eich cartref ymysg y Dedanim.'

Goleuodd wyneb Tudur wrth glywed y geiriau hyn. 'Ry'n ni wedi syrthio ar ein traed, on'd ydyn ni?' meddai.

Nodiodd Jacob. 'Ydyn, ydyn,' atebodd, ond siaradai heb frwdfrydedd Tudur.

'Beth sy'n bod?' gofynnodd Aysha iddo.

'Dim byd,' meddai Jacob wrthi. 'Dim ond . . .'

'Dim ond beth?'

'O, dwn i ddim. Mae'n debyg ei bod hi'n anodd i mi roi'r gorau i obeithio y gallwn i fynd yn ôl ryw ddiwrnod, ti'n gwybod.'

Nodiodd Aysha yn araf. Estynnodd ei dwylo a chydio yn ei ddwylo yntau. 'Jacob druan,' meddai.

'Dwi'n iawn,' meddai Jacob wrthi. 'Dim ond bod yn ddwl ydw i.' Tynnodd ei ddwylo o rai Aysha. 'Mae e'n gynnig rhyfeddol a hael a dylwn i fod yn hynod o ddiolchgar,' meddai. 'Na. Dwi *yn* hynod ddiolchgar. A dweud y gwir dwi mor ddiolchgar fel 'mod i'n mynd i weld a alla i wneud unrhyw beth i helpu. Wedi'r cyfan, os ydyn ni'n mynd i ymuno â'r Dedanim, allwn ni ddim ymddwyn fel gwesteion o hyd, na allwn ni?'

Doedd Jacob ddim yn siŵr a oedd angen help ar y Dedanim mewn gwirionedd ond gadawon nhw iddo fe, Aysha a Tudur, ymuno â'u paratoadau, gan ddangos iddyn nhw sut roedd y bwyd yn cael ei goginio a chwerthin pan ofynnodd Jacob beth oedd e.

'Cig yw e,' meddai dyn o'r enw Ashwrim wrtho.

'O ble mae e'n dod?' gofynnodd Tudur.

Unwaith eto bu llawer o chwerthin. 'Mae'r wlad hon yn llawn anifeiliaid,' atebodd Ashwrim, 'ond y rhan fwyaf o'r amser maen nhw'n cuddio. Yr adeg i'w dal nhw yw'n union cyn y wawr. Dyna pryd rydyn ni'n hela. Dewch gyda ni yn yr awr cyn iddi wawrio ac fe gewch chi weld o ble rydyn ni'n cael ein cig.'

Roedd llawer o bethau eraill roedd y Dedanim yn eu defnyddio wrth goginio: gwreiddiau wedi'u palu o'r pridd, dail a ffrwythau planhigion. Wrth i Jacob wrando arnyn nhw'n disgrifio o ble roedd y cynhwysion yma'n dod, ciliodd ei syndod a dechreuodd deimlo bod hyn yn gyfarwydd. Oedd, teimlai'n siŵr mai dyna sut roedd coginio yn y bywyd roedd e wedi'i adael ar ôl.

Roedd y canlyniadau'n werth yr holl ymdrech ac wrth i Jacob eistedd o gwmpas y tân gyda'r lleill, cofiodd am yr amheuon fu ganddo am ychydig ynghylch ymuno â'r Dedanim. 'Sut gallwn i fod mor dwp?' gofynnodd. Rhoddodd ei blât gwag ar y rŷg o'i flaen a gwenu'n hir a bodlon. Roedd Tudur yn gywir. Roedden nhw wedi syrthio ar eu traed, yn wir.

Roedd y Dedanim yn cysgu yn yr awyr agored ond roedden nhw'n gorwedd o dan flancedi ac roedd digon o'r rhain i bawb. Cymerodd Jacob ei fwndel yn ddiolchgar, gan sylweddoli y gallai fwynhau noson ddi-dor o gwsg heno, o leiaf. Gwnaeth ei wely o dan y coed, cau ei lygaid a disgwyl i gwsg ddod drosto.

Ond er syndod iddo, roedd hi'n anodd iddo gysgu. Er ei fod e'n hynod o flinedig a'i gorff yn boenus ar ôl bore o gerdded ar draws tir creigiog a phrynhawn yn dysgu marchogaeth, roedd hi'n anodd iddo ymlacio ac ildio i wacter cwsg. Ar ôl tipyn rhoddodd y gorau iddi'n llwyr a gorwedd yn effro gan edrych ar y nos serog a gwrando ar synau gwersyll y Dedanim: clecian y tân, murmur tawel y rhai oedd yn dal yn effro a gweryru'r ceffylau bob hyn a hyn.

Dechreuodd y gwynt godi a chafodd darnau carpiog o gymylau eu gyrru ar draws wyneb y lleuad. Ochneidiodd a chwynodd y coed o gwmpas Jacob wrth i hyrddiadau o wynt guro'u canghennau. Roedd y sŵn yn newydd iddo, ac eto'n gyfarwydd hefyd, fel cymaint o bethau oedd yn codi atgofion cudd. Meddyliodd tybed a oedd e wedi gorwedd yn effro yn yr awyr agored fel hyn yn ei fywyd blaenorol, gan wrando ar ocheneidiau'r gwynt yn y coed. Gwnaeth y meddyliau hyn iddo deimlo'n drist a diflannodd y cyffro roedd e wedi'i deimlo'n gynharach yn y noson am ymuno â'r Dedanim. Cofiodd fel roedd e wedi gorwedd yn effro yn ei ystafell wely yn Locws a thyngu wrtho'i hun y byddai'n dod o hyd i ffordd yn ôl i'r bywyd oedd wedi cael ei gymryd oddi arno. Doedd dim pwynt i'r meddyliau hyn, meddai wrtho'i hun. Roedd y bywyd hwnnw wedi mynd a doedd dim gobaith iddo ei gael eto. Ond allai e wneud dim am y tonnau o dristwch oedd yn dod drosto, wedi'u cario ar awel y nos.

Roedd pawb arall yn cysgu erbyn hyn; roedd y ceffylau'n dawel hyd yn oed, a theimlai fel mai ef oedd yr unig berson oedd yn effro yn y byd i gyd. Bu'n troi a throsi'n anesmwyth, yna gorweddodd ar ei gefn unwaith eto. Ond doedd dim yn tycio. Roedd cwsg fel petai ymhellach nag erioed. Agorodd ei lygaid eto a syllu i'r awyr. Meddyliodd tybed a oedd enwau gan y sêr. Yn union uwch ei ben roedd un seren a oedd fel petai'n fwy llachar na'r lleill i gyd. Ac am ryw reswm teimlai Jacob ei fod yn cael ei ddenu ati. Wrth iddo edrych arni, roedd hi fel petai'n newid ei ffurf, yn disgleirio ac yn dod yn fwy llachar, fel cannwyll yn llosgi yn yr awyr. Wedi'i swyno'n llwyr, rhythodd arni, gan ganolbwyntio'i holl sylw ar y golau bychan hwn, ac wrth iddo wneud hynny dechreuodd deimlo fel petai'n nofio i fyny tuag ato neu fel petai'r golau'n hofran i lawr ato fe. Ar yr un pryd daeth y golau'n fwy ac yn fwy hyd nes ei fod fel twnnel roedd e'n llithro ar ei hyd, twnnel oedd yn ymestyn ymlaen ac ymlaen hyd nes iddo ddod i ben yn sydyn a theimlodd ei hunan yn cwympo i rywle hynod o gyfarwydd ond eto'n frawychus rywsut. Ble roedd e? Wrth gwrs. Roedd e yn ystafell wely ei dŷ unwaith eto ac yno'n eistedd wrth y bwrdd roedd ei fam â dagrau yn ei llygaid.

'Jacob,' meddai.

'Mam,' atebodd.

'Pam na wnei di fy ateb i, Jacob?' aeth yn ei blaen. 'Os wyt ti'n dal o gwmpas, ar ryw ffurf. Os yw dy enaid di'n dal yma, pam na roi di ryw fath o arwydd i mi?'

'Dwi yma, Mam,' meddai wrthi. 'Dwi yn yr ystafell gyda ti'r eiliad hon.'

'Ti'n gwybod 'mod i'n teimlo dy fod ti o gwmpas,' aeth yn ei blaen, 'nad oeddet ti wedi mynd yn llwyr, dy fod ti'n dal mewn cysylltiad rywsut. Ond nawr mae'r teimlad yna wedi mynd. Alla i ddim gweld dy wyneb yn fy meddwl hyd yn oed. Pam mae hynny? Pam na alla i weld dy wyneb mwyach? Dwi ddim eisiau dy anghofio di, Jacob.' Dechreuodd grio'n uchel.

Croesodd Jacob yr ystafell hyd nes ei fod yn sefyll yn union y tu ôl iddi. 'Paid â chrio, Mam,' meddai wrthi. Estynnodd ei law i gyffwrdd â hi ond doedd dim yno i'w gyffwrdd. Aeth ei law'n syth drwy ei braich a theimlai e fel petai wedi'i rhoi mewn dŵr rhewllyd o oer. Gwnaeth y sioc iddo gamu'n ôl ac ar yr un pryd roedd y llawr fel petai'n symud o dan ei draed. Roedd yn deimlad ofnadwy wrth iddo ymdrechu i gydbwyso a'r ystafell yn dechrau troi o'i gwmpas, yn dyner i ddechrau fel deilen yn yr awel ond yna'n gynt ac yn gynt hyd nes ei bod hi'n mynd yn aneglur ac yn rhoi pendro iddo. Agorodd ei lygaid a gweld ei fod yn gorwedd o dan y sêr yng ngwersyll y Dedanim.

Tybed beth oedd ystyr hynny, meddyliodd. O rywle'n ddwfn y tu mewn iddo, daeth yr ateb. Cam gwag oedd rhoi'r gorau i chwilio am Balas y Cofio. Dyna pam roedd ei fam yn colli ei hatgof ohono, dyna pam na allai hi weld ei wyneb yn ei meddwl. Roedd hyn oherwydd ei fod e wedi rhoi'r gorau i gredu y gallai fynd yn ôl. Na, doedd e ddim wedi rhoi'r gorau iddi, roedd rhywrai wedi mynd â'r gobaith oddi wrtho. Y Dedanim oedd wedi ei ddwyn drwy chwerthin a mynnu mai dim ond stori oedd Palas y Cofio. Roedden nhw wedi'i lorio'n llawer haws na Fyrsil a Berith a thasgau diflas bob dydd Locws. Roedden nhw wedi swyno'r gobaith oddi wrtho.

Ddim mwyach. Yfory, byddai'n gwrthod eu cwmni'n gwrtais, byddai'n troi ei gefn arnyn nhw a mynd yn ôl y ffordd y daeth e. Ond hyd yn oed wrth iddo wneud y penderfyniad hwn, meddyliodd pa mor ofnadwy o anodd fyddai cerdded yr holl filltiroedd roedden nhw wedi'u teithio ar gefn ceffyl. Ac eto roedd yn rhaid ei wneud e. Ar ôl iddo wneud y penderfyniad hwn, cwympodd yn hawdd ac yn sydyn i gwsg heb freuddwyd-ion.

Cyn gynted ag y deffrodd y bore canlynol, cofiodd ei brofiad yn ystod y nos a'r penderfyniad roedd e wedi dod iddo. Wedi'i galonogi gan yr argyhoeddiad hwn, ond eto'n ofni meddwl am ei roi ar waith, cododd ar ei eistedd ac edrych o'i gwmpas. Roedd y gwersyll yn brysur. Roedd y Dedanim wrthi'n golchi dillad, yn gwastrodi ceffylau, ac yn paratoi bwyd. Edrychodd e am Aysha a Tudur a gweld eu bod nhw'n dylyfu gên, yn ymestyn ac yn edrych o gwmpas yn fodlon a blinedig. Gallai ddweud yn syth na fydden nhw eisiau clywed ei newyddion. Ond serch hynny, doedd dim byd arall i'w wneud. Dechreuodd e egluro beth oedd wedi digwydd iddo.

Edrychodd Tudur yn amheus. 'Mae'n swnio i mi fel petait ti wedi cael breuddwyd, dyna i gyd,' meddai. 'Mae'n debyg dy fod ti'n meddwl am ein penderfyniad i ymuno â'r Dedamin, ac mae'n siŵr dy fod ti'n dal yn teimlo'n drist mai dim ond stori oedd Palas y Cofio. Felly pan est ti i gysgu fe gafodd y cyfan ei ddrysu yn dy feddwl di.'

Ysgydwodd Jacob ei ben. 'Nid breuddwyd oedd hi,' meddai.

'Ond Jacob,' gwrthwynebodd Aysha, 'hyd yn oed os yw hi'n wir, sut yn y byd gallet ti gerdded yr holl ffordd yn ôl eto?'

'Dwn i ddim,' atebodd Jacob. 'Y cyfan dwi'n ei wybod yw mai dyna mae'n rhaid i mi 'i wneud.'

'Fe fyddi di'n llwgu,' meddai Tudur. 'Mae hyn yn wallgof!'

'Dwi ddim yn gofyn i unrhyw un ohonoch chi ddod gyda fi,' meddai Jacob wrthyn nhw. Roedd hi'n anodd iddo ddweud hyn oherwydd yn y bôn roedd e'n casáu meddwl am deithio ar ei ben ei hun. Yn wir, roedd yr unigrwydd yn ymddangos yn waeth iddo na'r milltiroedd ar filltiroedd o gerdded.

Wrth i'r tri ohonyn nhw sefyll mewn tawelwch, daeth Letwshim draw ac ymuno â nhw. 'Rydych chi'n edrych yn ddifrifol iawn, fy ffrindiau,' meddai. 'Oes rhywbeth yn eich poeni chi?'

'Dwi wedi penderfynu na alla i ymuno â chi, wedi'r cyfan,' meddai Jacob wrtho. 'Dwi'n gwybod bod hyn yn swnio'n anniolchgar iawn ac mae'n ddrwg gen i, ond mae'n rhaid i mi fynd yn ôl a dal ati i chwilio am Balas y Cofio.'

Ysgydwodd Letwshim ei ben, gan fethu credu. 'Dwli yw hyn,' meddai wrth Jacob. 'Mae cwsg yn dal i effeithio ar dy feddwl. Chlywaist ti ddim beth ddwedais i ddoe? Dyw'r fath balas ddim yn bod. Dim ond stori yw hi.'

'Dwi'n gwybod,' atebodd Jacob, 'a dwi'n sylweddoli bod fy mhenderfyniad yn ymddangos fel ffolineb i chi ond dyna mae'n rhaid i mi ei wneud.'

'Nid ymddangos fel ffolineb yn unig mae dy benderfyniad; ffolineb ydy e,' meddai Letwshim yn ddifrifol. 'Rhaid i ti anghofio hyn.'

Ysgydwodd Jacob ei ben. 'Alla i ddim mo'i anghofio fe,' meddai. 'Ond dwi eisiau i chi wybod 'mod i wir yn ddiolchgar i chi ac i weddill y Dedanim am y lletygarwch rydych chi wedi'i roi i mi. Mae e wedi bod yn—'

'Dyna ddigon!' torrodd Letwshim yn grac ar ei draws. 'Wnaf i ddim gwrando ar y ffolineb yma. Rwyt ti'n un o'r Dedanim nawr. Pan fyddwn ni wedi bwyta, fe fyddi di'n marchogaeth gyda ni. Fydd dim dadl.'

Synnodd Jacob wrth glywed pa mor gynddeiriog roedd e wrth siarad. Roedd e fel petai'n berson cwbl wahanol i'r dyn cwrtais a graslon roedden nhw wedi cwrdd ag e'r diwrnod blaenorol. Roedd rhywun llawer mwy arswydus yn sefyll o'u blaenau nhw nawr, a'i ddwylo ar ei gluniau a'i lygaid yn tanio â dicter tawel. Ond y cyfan wnaeth hyn oedd peri i Jacob fod hyd yn oed yn fwy pendant mai'r penderfyniad cywir oedd gadael y Dedanim. Gorau po gyntaf y byddai e'n mynd o fan hyn. Penderfynodd gadw ei bwyll. 'Mae'n ddrwg gen i,' meddai, gan ymdrechu i gadw ei lais rhag crynu, 'ond alla i ddim gwneud hynny. Dwi'n hynod o ddiolchgar i chi am bopeth ry'ch chi wedi'i wneud drosto i ond dwi'n ofni bod rhaid i mi adael a dwi'n credu mai'r peth gorau yw i mi adael nawr.'

'Ei di ddim i unman!' gwaeddodd Letwshim. Cydiodd ei law dde yng ngharn ei gleddyf.

Roedd e'n ddyn mawr a thybiodd Jacob ei fod e'n anhygoel o gryf. Doedd dim dwywaith ganddo y gallai Letwshim ei ladd petai e eisiau ac mai'r peth call i'w wneud fyddai cytuno i beth bynnag roedd e'n ei ofyn. Ond roedd rhan arall ohono'n gwrthod cael rhywun yn dweud wrtho beth i'w wneud. Ymwrolodd Jacob a gorfodi ei hunan i siarad. 'Rydych chi'n camgymryd,' meddai. 'Dwi'n gadael a fedrwch chi ddim o'm rhwystro i.'

Newidiodd Letwshim yn sydyn. Tybiodd Jacob i olwg gyfrwys ddod dros ei wyneb. 'Wnewch chi ddim helpu eich mam a'ch tad fel hyn,' meddai.

Roedd Jacob wedi synnu. Doedd e ddim wedi dweud dim wrth Letwshim am ei rieni. 'Pwy ddwedodd wrthoch chi amdanyn nhw?' mynnodd.

Cododd Letwshim ei ysgwyddau. 'Ti wnaeth.'

'Naddo, yn wir.'

'Rhaid dy fod ti wedi anghofio. Does dim gwahaniaeth. Mae e'n dal yn wir. Wnei di mo'u cadw nhw gyda'i gilydd drwy grwydro i'r diffeithwch.'

Ond roedd Jacob wedi rhoi'r gorau i wrando arno. Yn hytrach roedd ei feddwl ar wib wrth iddo geisio gwneud synnwyr o'r hyn roedd e wedi'i glywed. Roedd rhywbeth o'i le am hyn i gyd. 'Dwi'n mynd o fan hyn,' meddai. Cymerodd e gam ymlaen.

Tynnodd Letwshim ei gleddyf. 'Fe fyddi di'n gwneud fel dwi'n dweud wrthot ti,' meddai. Daliodd y cleddyf o'i flaen ac roedd ei fin yn disgleirio yn haul y bore.

Tan yr eiliad honno roedd ofn dychrynllyd wedi bod ar Jacob ond wrth edrych ar Letwshim yn sefyll yno'n cydio yn ei gleddyf, teimlodd dawelwch rhyfedd yn dod drosto. Bwli oedd y dyn hwn, dim mwy na hynny, a doedd Jacob ddim yn mynd i gael ei fwlio. Ysgydwodd ei ben. 'Na wnaf,' meddai'n dawel ac yn bendant.

Wrth iddo ddweud hyn, digwyddodd rhywbeth rhyfedd iawn. Dyma Letwshim a phopeth o'i gwmpas yn dechrau crychu, fel petai'n olygfa wedi'i thynnu ar ddarn o ddefnydd. Daeth sŵn fel chwa fawr o wynt ac yna tawelwch. Edrychodd

Jacob o'i gwmpas wedi drysu. Roedd popeth wedi newid. Roedd e'n eistedd ar y ddaear wrth ochr boncyff coeden wedi gwywo, yn union fel roedd e cyn iddo godi ar ei draed a gweld cwmwl o lwch yn dod tuag ato yn y pellter. Doedd dim sôn am y Dedanim.

13. NEMAIN

'Fe ges i'r freuddwyd ryfeddaf,' meddai Aysha, gan godi ar ei heistedd wrth ei ymyl ac ymestyn. 'Fe freuddwydiais ein bod ni wedi cwrdd â'r bobl yma oedd yn marchogaeth. Roedden nhw eisiau i ni ymuno â nhw.'

'A finnau hefyd,' meddai Tudur, gan grwydro draw tuag atyn nhw. Doedden nhw ddim eisiau i ni adael, chwaith. Fe aeth yr arweinydd yn gynddeiriog am y peth.'

'Wel, rydyn ni i gyd fel petaen ni wedi cael yr un freuddwyd,' meddai Jacob yn feddylgar. 'Mae hynny'n rhyfedd iawn, os mai dyna beth oedd hi.'

'Wyt ti'n meddwl ei fod e'n iawn, felly?' gofynnodd Aysha.

Meddyliodd Jacob am y peth. 'Roedd y dewis yn un go iawn,' meddai. 'Ond dwi'n meddwl mai dim ond rhith oedd y Dedanim.'

'O leiaf dydyn ni ddim wedi mynd ddwsinau o filltiroedd i'r cyfeiriad anghywir,' sylwodd Tudur.

Roedd hynny'n wir ond doedd hynny'n fawr o gysur heb sôn am y ffaith fod ganddyn nhw ddim byd o gwbl i'w fwyta a braidd dim i'w yfed. Yn anfodlon, sychon nhw'r llwch oddi ar eu dillad a dechrau cerdded eto ond roedden nhw'n araf iawn.

Roedd hi'n ymddangos nad oedd gan Tudur, yn enwedig, nerth i roi un droed o flaen y llall. Roedd e fel rhywun oedd yn cerdded yn ei gwsg, a phrin roedd e'n sylwi pan oedd un o'r lleill yn siarad ag ef.

Wrth i'r prynhawn fynd yn ei flaen, dechreuodd y dirwedd o'u cwmpas newid. Yn lle'r gwastadedd roedden nhw wedi bod yn cerdded drosto yn y bore, ymddangosodd tir bryniog a wnaeth iddyn nhw arafu'n sylweddol. Ar ôl ychydig arhoson nhw am egwyl o dan gysgod ychydig o goed. Roedd hi'n ymddangos fel amser hir ers iddyn nhw orffen y diodydd roedden nhw wedi'u cario gyda nhw o Locws ac roedd hi'n anodd iddyn nhw feddwl am unrhyw beth nawr ar wahân i pa mor sychedig roedden nhw. Roedden nhw wedi bod yn eistedd mewn tawelwch ers tro ac roedd Jacob wedi bod yn meddwl tybed a oedd gan unrhyw un ohonyn nhw nerth i ddechrau cerdded eto pan ddwedodd Aysha yn sydyn, 'Beth yw'r sŵn 'na?'

'Ro'n i'n meddwl tybed beth oedd e,' ychwanegodd Tudur.

'Pa sŵn?' gofynnodd Jacob. 'Chlywa i ddim byd.'

'Gwranda,' meddai Tudur wrtho.

Gwrandawodd Jacob yn astud a sylwi bod sŵn hefyd, ond ei fod cymaint yn rhan o'r cefndir cyffredinol fel ei fod wedi'i anwybyddu tan nawr. Gwnaeth ei orau glas i ganolbwyntio wrth wrando. Roedd y sŵn fel rhywbeth yn symud ond doedd e ddim fel petai'n dod yn nes neu'n mynd yn bellach i ffwrdd. Roedd e'n siŵr ei fod wedi clywed rhywbeth tebyg iddo'n ddiweddar iawn ac yn sydyn cofiodd ble roedd hynny: wrth ymyl gwersyll y Dedanim. 'Afon yw hi!' ebychodd.

'Dyna ni!' gwaeddodd Tudur a chododd y tri ar eu traed.

'Ym mha gyfeiriad mae hi?' gofynnodd Jacob, yn gyffrous.

Gwrandawodd pawb yn ofalus. Trodd Aysha yn araf mewn cylch. 'Y ffordd yma,' meddai, gan fynd i gyfeiriad clwstwr o lwyni enfawr â dail gwyrdd sgleiniog.

Dilynodd y ddau arall hi, gan wthio'u ffordd drwy ganghennau fel rwber oedd yn chwipio'n ôl atyn nhw ac yn pigo'u hwynebau a'u llygaid. Roedd hi'n anodd dal ati ond roedd y sŵn yn dod yn gryfach drwy'r amser. O'r diwedd roedden nhw wedi dod drwy'r llwyni ac roedd yr afon o'u blaenau. Dim ond afon gul oedd hi, yn rhedeg rhwng glannau creigiog, dim byd tebyg i'r ehangder mawr o ddŵr roedden nhw wedi'i groesi gyda Fyrsil, ond roedden nhw'n dal yn falch o'i gweld hi. Taflon nhw eu hunain ar y llawr, gan dasgu dŵr dros eu hwynebau a chwerthin. Wedyn gwnaethon nhw gwpanau â'u dwylo ac yfed y dŵr yn farus. Pan oedden nhw wedi torri'u syched o'r diwedd, eisteddon nhw ar y lan a rhoi'u traed yn y dŵr.

'Chi'n gwybod, mae'r afon hon yn rhedeg fwy neu lai i'r cyfeiriad cywir i ni,' sylwodd Jacob, ar ôl tipyn.

'Felly gallwn ni gerdded ar hyd y lan,' awgrymodd Tudur.

'Wela i ddim pam lai.'

Roedd hyn yn gysur mawr. Fydden nhw ddim yn cael eu poenydio gan syched mwyach. Ac yng nghefn meddwl Jacob roedd y posibilrwydd y gallai'r afon eu harwain i Balas y Cofio.

Wedi'r cyfan, rhaid bod angen dŵr ar bwy bynnag oedd yn byw yno.

Roedd llawer gwell hwyl arnyn nhw wrth ddechrau ar eu taith eto er ei bod hi'n anodd dilyn llwybr yr afon. I ddechrau roedd yn rhaid iddyn nhw wneud eu ffordd drwy ragor o'r llwyni fel rwber oedd yn tyfu ar hyd y lan i gyd ond ar ôl tipyn daeth gwair trwchus, tal yn eu lle. Ond ar yr un pryd aeth y tir yn fwy corsiog ac yn aml roedd yn rhaid iddyn nhw gerdded oddi ar y llwybr i osgoi darnau oedd dan ddŵr. Dechreuodd yr haul suddo'n is yn yr awyr a dyma'r gobaith roedden nhw wedi'i deimlo wrth ddod o hyd i'r afon yn gyntaf yn dechrau diflannu. Gan eu bod nhw wedi torri'u syched bellach, dechreuon nhw feddwl pa mor llwglyd roedden nhw. Roedd Jacob hyd yn oed yn ysu am y bwyd gwyn fel sbwng roedden nhw wedi dod gyda nhw o Locws.

'Ydych chi'n meddwl y gallen ni fwyta unrhyw un o'r planhigion sy'n tyfu o gwmpas fan hyn?' gofynnodd Tudur.

Edrychodd y lleill yn amheus. 'Fe allen nhw ein gwneud ni'n sâl,' meddai Aysha.

'Mae bwyta dim byd yn mynd i'n gwneud ni hyd yn oed yn fwy sâl,' atebodd Tudur.

Roedd Jacob ar fin cytuno ag Aysha pan ddaeth yn ymwybodol o ryw fath o adeilad o'u blaenau nhw. Roedd hi'n bosib ei weld drwy res o goed. Arhosodd a rhoi ei fys ar ei wefus.

Edrychodd y ddau arno fe'n bryderus a dangosodd yr adeilad iddyn nhw â'i fys.

'Efallai mai Palas y Cofio ydy e,' sibrydodd Tudur.

'Efallai,' cytunodd Jacob. 'Ond dyw e ddim yn edrych yn fawr iawn a rywsut ro'n i'n meddwl y byddai'r palas yn adeilad enfawr.'

'A finnau hefyd,' meddai Aysha. 'Dwi'n meddwl y dylen ni fynd ato fe'n ofalus dros ben.'

Aeth y tri yn eu blaenau'n araf, gan geisio gwneud cyn lleied o sŵn ag oedd yn bosib. Wrth iddyn nhw ddod yn nes, gallen nhw weld bod yr adeilad yn llawer llai na'r ystafelloedd cysgu yn Locws. Roedd wedi'i adeiladu o gerrig llwyd afreolaidd ac roedd y to'n edrych fel petai wedi'i wneud o fwndeli o'r gwair trwchus oedd yn tyfu ym mhob man. Roedd mwg gwelw'n codi o simdde.

'Os oes tân, mae'n rhaid bod rhywun y tu mewn,' meddai Jacob.

Nodiodd y ddau arall. 'Beth wnawn ni?' gofynnodd Tudur. 'Cerdded at y drws ffrynt a churo?'

'Gadewch i ni aros am dipyn,' awgrymodd Aysha. 'Efallai y daw rhywun allan.'

Gorweddon nhw yn y gwair hir ac aros tan i'r awyr uwch eu pennau dywyllu ac i'r nos gyrraedd. Crynodd Jacob wrth i'r tymheredd ostwng. Doedd dim byd wedi digwydd ers tro byd ac roedd e'n dechrau meddwl efallai y dylen nhw fynd i guro ar y drws ffrynt wedi'r cyfan, pan ddaeth hen wraig allan o'r tŷ yn cario bwced. Roedd hi'n gwisgo ffrog laes ddu a siôl ddu dros ei phen. Gwylion nhw wrth iddi wneud ei ffordd yn araf i'r afon lle llenwodd hi'r bwced â dŵr. Wedyn trodd i fynd yn ôl i'r tŷ ond roedd hi'n amlwg fod y bwced bron yn rhy drwm iddi a sawl tro cafodd ei gorfodi i aros a gorffwyso.

'Dyw hi ddim yn edrych yn beryglus iawn,' sylwodd Jacob. 'Dwi'n credu y dylen ni fynd i ofyn iddi am help.'

'Efallai bod rhywun arall yn y tŷ,' awgrymodd Tudur.

'Fydden nhw ddim yn ei hanfon hi allan i nôl dŵr os oedd,' gwrthwynebodd Aysha. 'Prin mae hi'n gallu ei gario fe.'

'O'r gorau 'te,' cytunodd Tudur.

Cerddodd y tri ohonyn nhw tuag at yr hen wraig. Sylwodd hi ddim arnyn nhw tan eu bod nhw'n eithaf agos. Pan wnaeth hi, cafodd gymaint o sioc fel y gollyngodd beth o'r dŵr o'i bwced.

'Helô,' galwodd Jacob.

Syllodd y fenyw arno'n amheus.

'Dydyn ni ddim wedi bwyta drwy'r dydd,' aeth yn ei flaen, 'ac rydyn ni wedi ymlâdd. Fyddech chi'n fodlon i ni ddod i mewn i'ch tŷ i orffwyso a rhoi rhywbeth i ni i'w fwyta, efallai?'

'O ble ddaethoch chi?' gofynnodd y fenyw mewn llais crynedig.

'O Locws,' meddai Jacob.

Roedd hi'n edrych wedi drysu. 'Dim ond bum niwrnod yn ôl daeth y dyn â'r dillad,' meddai hi. 'Do'n i ddim yn disgwyl unrhyw un.'

154

Doedd Jacob ddim yn siŵr am beth roedd hi'n siarad. Oedd hi'n meddwl eu bod nhw wedi cael eu hanfon o Locws ar ryw fath o neges? Ysgydwodd ei ben. 'Ddaethon ni ddim i weld eich bod chi'n gwneud eich gwaith yn iawn na dim byd,' meddai e wrthi i'w chysuro.

'Ro'n ni'n edrych am Balas y Cofio ac wedyn fe welson ni eich tŷ chi ac ro'n i'n meddwl efallai y gallech chi ein helpu ni,' ychwanegodd Aysha.

Gwgodd y fenyw fel petai hi'n anodd iddi ddeall hyn. 'Dy'ch chi ddim wedi dod ag unrhyw ddillad?' gofynnodd hi.

'Dim ond y rhai rydyn ni'n eu gwisgo,' meddai Tudur wrthi.

Gallai Jacob weld ei cheg yn symud wrth iddi ailadrodd y geiriau hyn wrthi'i hun, gan geisio eu deall nhw. 'Os rhowch chi fwyd i ni, fe allwn ni eich helpu chi,' meddai e. 'Fe alla i gario'r dŵr i chi.'

Meddyliodd y fenyw am hyn am eiliad. Wedyn nodiodd hi. 'Dewch â'r bwced,' meddai hi. Trodd hi a dechrau cerdded tuag at y tŷ.

Cododd Jacob y bwced a dilynon nhw hi i'r tŷ. Roedd e wedi'i ddodrefnu'n syml. Roedd lle tân anferth ar hyd y rhan fwyaf o un wal, roedd bwrdd a chadeiriau pren gyferbyn ac yng nghefn yr ystafell roedd cwpanau a phlatiau ar silffoedd. Roedd crochan mawr du, ac arogl hyfryd yn dod ohono, yn hongian dros y tân. Doedd gan Jacob ddim amheuaeth mai bwyd oedd ynddo ac aeth braidd yn wan wrth feddwl am hyn.

Dwedodd y fenyw wrthyn nhw am eistedd wrth y bwrdd. Wedyn rhoddodd bowlenni o'u blaenau nhw, wedi'u llenwi â hylif brown trwchus lle roedd darnau solet yn arnofio. Daeth y gair 'cawl' i feddwl Jacob. Roedd e'n boeth iawn a blas y tir arno ac roedd e'n eu digoni nhw'n llawer mwy effeithiol na'r bwyd roedden nhw wedi'i gael yn Locws. Ond fwytaodd y fenyw ei hun ddim. Yn lle hynny, bu hi'n eu gwylio nhw'n graff.

Ar ôl iddyn nhw fwyta, tynnodd y crochan oddi ar y tân a rhoi un arall yn ei le. Llenwodd hwn â'r dŵr o'r bwced roedd Jacob wedi'i gario i mewn. Rhoddodd glawr ar y crochan a thynnu jwg fawr allan a rhoi llond dwrn o ddail wedi sychu ynddi. Pan oedd hi'n fodlon fod y dŵr yn y crochan yn ddigon poeth, arllwysodd e dros y dail. Cyn hir daeth arogl gwahanol, mwy ffres, yn lle arogl y cawl.

'Te yw e,' meddai Aysha.

Nodiodd y fenyw. Arllwysodd y te i'r cwpanau a thra roedden nhw'n ei yfed dwedodd hi wrthyn nhw mai Nemain oedd ei henw a chyflwynon nhw eu hunain iddi yn eu tro.

'Pam rydych chi yma?' gofynnodd hi.

'Rydyn ni'n chwilio am Balas y Cofio,' meddai Aysha wrthi. 'Ydych chi'n gwybod ble gallwn ni ddod o hyd iddo fe?'

Ysgydwodd Nemain ei phen. 'Mae'n ddrwg gen i, alla i mo'ch helpu chi,' meddai. 'Fydda i byth yn mynd yn bell o'r afon.'

'Ond mae'n siŵr y byddech chi wedi clywed amdano petai'n agos?' meddai Tudur.

Cododd y fenyw ei hysgwyddau. 'Fydda i'n gweld neb ac yn clywed dim byd,' meddai wrtho, 'dim ond sŵn yr afon.'

Doedd Jacob ddim yn siŵr a oedd e'n ei chredu hi. On'd oedd hi wedi sôn yn gynharach am ddyn oedd yn dod â dillad? Byddai e wedi hoffi gofyn llawer iawn o gwestiynau eto iddi ond roedd e'n ofnadwy o flinedig ar ôl diwrnod wedi'i dreulio yn y diffeithwch a dim byd i'w fwyta, a'r cyfan y gallai ef ei wneud oedd cadw ei lygaid ar agor.

O weld pa mor gysglyd oedd ei gwesteion, aeth Nemain allan o'r tŷ a dychwelyd ychydig funudau'n ddiweddarach â phentwr mawr o wair wedi sychu. Taflodd ef ar y llawr yng nghornel yr ystafell. 'Fe allwch chi gysgu ar hwn,' meddai hi wrthyn nhw. Wedyn dwedodd hi nos da wrthyn nhw a diflannu i ystafell arall.

Edrychodd Jacob ar y lleill. 'Beth yw eich barn chi?' gofynnodd.

'Dwn i ddim,' meddai Aysha. 'Dwi ddim yn meddwl 'mod i'n ymddiried ynddi hi.'

'Na finnau chwaith,' meddai Tudur. 'Ond ar hyn o bryd dwi'n rhy flinedig i boeni.'

Gorweddon nhw ar y gwair sych ac roedden nhw wedi cysgu bron cyn gynted ag y caeon nhw eu llygaid. Ond yn llawer diweddarach, deffrodd Jacob a gweld ei bod hi'n dywyll fel bol buwch yno, heblaw am y golau roedd marwydos disglair y tân yn ei daflu. Doedd ganddo fe ddim syniad ble roedd e i ddechrau, ond daeth y cyfan yn ôl iddo wrth gyffwrdd â'r gwair sych. Gallai glywed y ddau arall yn anadlu ac wrth i'w lygaid addasu i'r tywyllwch, gallai weld eu ffurfiau'n gorwedd ar y llawr y tu ôl iddo. Meddyliodd e am y sgwrs roedden nhw wedi'i chael â Nemain gan edifaru na ofynnodd ragor o gwestiynau. Yfory byddai e'n ceisio siarad â hi'n iawn, penderfynodd. Wrth feddwl am hyn, caeodd ei lygaid a mynd yn ôl i gysgu.

Y tro nesaf iddo ddeffro, roedd hi'n fore. Roedd y drws ffrynt ar agor a golau dydd yn llifo i mewn i'r ystafell. Roedd y tân yn llosgi'n llachar unwaith eto ac roedd Nemain yn sefyll uwch ei ben, gan goginio rhywbeth yn y crochan mawr du. Doedd e ddim yn arogli fel cawl y tro hwn. Cododd ar ei eistedd ac ymestyn. Wrth ei ochr, dechreuodd Tudur ac Aysha symud.

'Bore da,' meddai.

Dim ond gwneud rhyw sŵn wnaeth Nemain.

Rhoddodd Jacob gynnig arall arni. 'Diolch am ein bwydo ni ac am adael i ni aros dros nos,' meddai.

Nodiodd Nemain. 'Heddiw fe allwch chi gasglu coed tân,' meddai hi wrtho.

Estynnodd hi'r bowlenni roedden nhw wedi bwyta ohonyn nhw'r noson flaenorol a rhoi sylwedd brown hufennog ynddyn nhw â llwy o'r crochan. 'Mae hi'n amser brecwast,' cyhoeddodd hi.

Roedd y pryd hwn yn hollol wahanol i'r un roedden nhw wedi'i fwyta'r noson flaenorol. Roedd y sylwedd brown hufennog yn felys ac yn llawn grawn. Allai Jacob ddim meddwl am yr enw amdano a meddyliodd e tybed oedd e'n rhywbeth unigryw i'r lle hwn.

Y tro hwn ymunodd Nemain yn y pryd bwyd. Bwytaodd hi'n gyflym ac yn swnllyd. Diferodd bwyd i lawr ymyl ei cheg a sychodd hi fe â'i llawes. Cyn gynted ag roedd ei phowlen yn wag, safodd hi ac edrych ar y lleill yn ddisgwylgar tan iddyn nhw orffen hefyd. 'Nawr mae'n rhaid i chi fy helpu i gasglu coed tân,' meddai hi wrthyn nhw.

Arweiniodd hi nhw y tu allan tuag at ardal goediog heb fod ymhell o'r tŷ. Fan yma roedd canghennau marw dros y lle i gyd ac roedd hi'n amlwg na fyddai hi'n anodd casglu coed tân. 'Gwnewch bentwr fan hyn,' meddai hi wrthyn nhw. 'Fe ddof i'n ôl i weld sut rydych chi'n dod ymlaen. Nawr mae'n rhaid i mi wneud ychydig o olchi.'

'Dwi'n teimlo fel petawn i'n gweithio i Berith eto,' meddai Tudur wrth iddyn nhw ddechrau casglu'r canghennau oedd wedi torri. Ond dim ond jôc oedd hi. Doedd hyn yn ddim byd tebyg i gasglu cerrig. Roedden nhw'n ymwybodol eu bod nhw'n rhydd i fynd a gallen nhw fod wedi cerdded i ffwrdd unrhyw bryd. Heblaw am hynny, roedd hi'n ddiwrnod braf ac roedd adeiladu'r pentwr o goed tân yn rhoi cryn foddhad iddyn nhw.

Rhaid eu bod nhw wedi gweithio am o leiaf awr cyn i Nemain ddod i weld y pentwr. Cytunodd yn grintachlyd ei fod yn ddigon mawr. Wedyn dangosodd hi iddyn nhw ble i fynd ag e ac aeth hi yn ôl at ei gwaith.

Roedd pentwr enfawr o goed y tu ôl i'r tŷ'n barod a rhoddon nhw eu pentyrrau nhw ar ei ben. 'Rhaid ei bod hi wedi treulio tipyn go lew o amser yn casglu hwn,' meddai Tudur.

'Ydych chi'n meddwl bod rhywun arall yn ei helpu hi?' gofynnodd Aysha.

'Fe feddyliais i am hynny,' atebodd Jacob. 'Fe ges i'r argraff pan gyrhaeddon ni yma gyntaf ei bod hi'n gweld rhywun o Locws yn gyson.'

'Felly mae'n well i ni beidio ag aros yma'n rhy hir,' meddai Tudur.

'Fe hoffwn i ofyn ychydig yn rhagor o gwestiynau iddi hi cyn i ni adael, dyna i gyd,' meddai Jacob. 'Dwi'n credu ei bod hi'n gwybod mwy nag y mae hi'n 'i ddweud wrthon ni.'

Pan oedden nhw wedi gorffen dod â'r coed i lawr i'r tŷ, aethon nhw i chwilio am Nemain a dod o hyd iddi'n penlinio wrth ymyl yr afon, yn golchi dillad. Roedd y rhai oedd wedi'u golchi'n barod wedi'u rhoi ar gerrig gerllaw i sychu ond roedd pentwr enfawr i'w golchi o hyd. Roedd hi'n amlwg nad ei dillad hi oedden nhw. Roedd gormod o lawer ohonyn nhw. Yr hyn sylwodd Jacob arno, wrth edrych arnyn nhw, oedd y lliwiau. Roedd dillad glas a choch a melyn, porffor hyd yn oed; doedd dim gwisg ddu yn eu canol nhw. A doedd dim iwnifform lwyd chwaith, er ei fod yn siŵr i Nemain ddweud rhywbeth mai o

160

Locws roedd y dillad yn dod. 'Ry'n ni wedi gorffen rhoi'r coed tân yn bentwr,' meddai Tudur wrthi. 'Ro'n ni'n meddwl efallai y bydden ni'n dechrau ar ein ffordd eto.'

Edrychodd Nemain arno. Nodiodd ei phen yn flinedig.

'Mae llwyth o ddillad gyda chi i'w golchi,' meddai Aysha.

Ochneidiodd Nemain. 'Maen nhw'n dod â nhw o hyd ac o hyd,' meddai hi. 'Ac mae rhai ohonyn nhw mor anodd eu cael yn lân.'

Roedd Jacob ar fin gofyn pwy oedd yn dod â nhw o hyd pan arhosodd yn sydyn. Roedd e'n adnabod y dillad oedd yn mwydo yn y dŵr, on'd oedd? Roedd pâr o drowsus glas a chrys T gwyrdd tywyll, y ddau'n ymddangos yn anhygoel o gyfarwydd iddo. Wrth eu hochr roedd siwmper goch. Roedd yr un staeniau brown afreolaidd ar y tri. Dechreuodd teimlad o bryder dwys ei lethu wrth i Nemain estyn ei llaw i'r dŵr, codi'r siwmper goch a'i dal i fyny. 'Edrychwch ar hon,' cwynodd. 'Sut dwi i fod i gael y gwaed allan ohoni hi?'

Roedd ei geiriau fel petaen nhw'n hofran yn y tawelwch. Yn araf trodd Jacob ac edrych ar Aysha. Roedd hi'n syllu ar Nemain a golwg wedi arswydo ar ei hwyneb. 'Mae'r un peth yn wir am y rhain,' aeth Nemain yn ei blaen, gan godi'r trowsus. 'Edrychwch ar y staeniau. Ddôn nhw byth allan.'

Roedd hyn yn ormod i Jacob ei ddioddef. Dechreuodd gamu'n ôl, gan ysgwyd ei ben. Roedd yn rhaid iddo fynd oddi yno. Dyna'r cyfan y gallai feddwl amdano wrth i Nemain ddal ati i godi'r dillad, fel petai'n hollol anymwybodol o'i ymateb. 'Beth dwi fod i wneud â nhw?' ailadroddodd. 'Maen nhw'n waed i gyd.' Allai Jacob ddim dioddef hyn rhagor. Trodd a rhedeg nerth ei draed. Gallai e glywed y lleill yn dynn wrth ei sodlau ond edrychodd e ddim yn ôl unwaith.

14. DYFFRYN YR ESGYRN

'Fe yfon ni o'r afon yna,' meddai Aysha. Dyna'r geiriau cyntaf roedd hi wedi'u dweud ers awr o leiaf. Roedd y tri ohonyn nhw'n eistedd a'u cefnau wrth graig fawr. O'u cwmpas roedd gwlad wastad, agored. Roedden nhw wedi teithio cryn dipyn ers y bore hwnnw; roedd yr afon a Nemain yn bell y tu ôl iddyn nhw nawr.

'Doedden ni ddim yn gwybod,' meddai Jacob.

Atebodd Aysha ddim.

'Beth oedd ystyr hynna, chi'n meddwl?' gofynnodd Tudur. O'r tri, fe oedd yr un oedd wedi'i effeithio leiaf gan yr hyn welson nhw. Roedd hynny'n ddealladwy, achos doedd ei ddillad ef ddim gyda'r rhai oedd yn y dŵr.

Cododd Jacob ei ysgwyddau. Roedd wedi bod yn gofyn yr un cwestiwn iddo'i hun dro ar ôl tro.

'Efallai y byddai hi wedi bod yn well arnon ni petaen ni wedi aros yn Locws,' meddai Jacob yn chwerw.

'Paid â dweud hynny,' meddai Tudur wrtho. Roedd ei lais yn dyner ond yn bendant.

'Ond beth os ydyn ni'n gwneud camgymeriad ofnadwy?' aeth Jacob yn ei flaen. 'Achos dyna beth dwi'n dechrau'i amau. Drwy'r amser dwi wedi bod yn meddwl petawn i ond yn gallu cael fy hen fywyd yn ôl, fe fyddai popeth yn iawn ond nawr mae hi'n edrych fel y gallai fy hen fywyd fod wedi bod yn waeth na hwn.'

Meddyliodd Tudur am hyn am amser hir. Wedyn meddai, 'Pan awgrymaist ti gyntaf y dylen ni adael Locws, do'n i ddim wir eisiau mynd.'

'Fe ddwedaist ti hynny wrthon ni,' meddai Jacob.

'Do, ond ddwedais i ddim pam wrthoch chi,' atebodd Tudur. 'Cyn i chi gyrraedd Locws fe ges i atgof cryf iawn, y mwyaf byw dwi wedi'i gael erioed.'

'Am beth roedd e?' gofynnodd Aysha.

'Ro'n i'n gorwedd mewn gwely yn yr ysbyty,' aeth Tudur yn ei flaen, 'ac ro'n i'n gwylio gwyfyn yn hedfan o gwmpas golau o hyd. Roedd y gwyfyn yn bwrw yn erbyn y golau drwy'r amser a meddyliais, pam nad yw e'n stopio? Ond wnaeth e ddim. Ar yr un pryd roedd poen y tu mewn i mi. Roedd e yno drwy'r amser, fel y gwyfyn, ac ro'n i'n gwybod na fyddai hwnnw'n stopio chwaith.' Wrth iddo siarad, roedd ei lygaid yn llawn o'r atgof am y boen honno.

Edrychodd Jacob arno mewn penbleth. 'Felly pam rwyt ti eisiau cael dy hen fywyd yn ôl?' gofynnodd.

'Oherwydd dwi eisiau gwybod pwy ydw i go iawn,' meddai Tudur. 'Dwi eisiau'r gwir, hyd yn oed os mai dim ond dioddefaint yw e. Chi'ch dau wnaeth i mi fod eisiau hynny. A dwi ddim yn mynd i adael i chi roi'r gorau iddi nawr.'

Cododd Aysha ac aeth draw ato. Rhoddodd ei breichiau amdano a rhoi cwtsh iddo. 'Diolch, Tudur,' meddai hi.

Eisteddon nhw mewn tawelwch am amser hir wedi hynny, wedi ymgolli yn eu meddyliau eu hunain. Er gwaethaf beth ddwedodd Tudur, roedd Jacob yn dal i weld Nemain yn dal y dillad gwaedlyd i fyny. Meddyliodd e am y ffaith ei fod wedi gwisgo'r dillad hynny ac nad oedd hyd yn oed wedi sylweddoli beth oedd y staeniau. Meddyliodd e tybed pa gyfrinachau ofnadwy eraill oedd i'w darganfod.

Yn sydyn teimlodd e Aysha yn cydio yn ei fraich. 'Ry'n ni'n cael ein gwylio,' meddai hi o dan ei hanadl. 'Peidiwch â gwneud dim ar frys. Trowch eich pen yn araf iawn i'r chwith.'

Gwnaeth Jacob fel roedd hi'n dweud a daeth y rheswm am ei sibrwd yn eglur yn syth. Dafliad carreg i ffwrdd roedd grŵp o gŵn gwyllt yr olwg yn syllu i'w cyfeiriad nhw.

'Ydych chi'n eu gweld nhw?' sibrydodd Aysha.

'Ydyn,' meddai Jacob a Tudur gyda'i gilydd.

'Beth ydyn ni'n mynd i'w wneud?'

'Codwch yn araf iawn a dechrau cerdded i ffwrdd,' awgrymodd Jacob.

Nodiodd y ddau arall.

'Dwi'n mynd i gyfrif i dri ac yna fe godwn ni gyda'n gilydd,' aeth Jacob yn ei flaen. 'Un, dau, tri.'

Cododd y tri ar eu traed. Yn syth, dechreuodd y cŵn rasio i'w cyfeiriad nhw. 'Rhedwch!' gwaeddodd Jacob.

Rhedon nhw nerth eu traed ond o fewn dim o dro roedd y cŵn bron wrth eu sodlau. 'Gwahanwch!' gwaeddodd Jacob a dechreuodd y tri ohonyn nhw redeg i gyfeiriadau gwahanol. Stopiodd y cŵn ddim. Gwahanon nhw, hefyd.

Gwyddai Jacob fod yn rhaid iddo ddod o hyd i rywle i guddio a bod yn rhaid iddo wneud hynny'n gyflym iawn. Roedd pob anadl yn boenus ond gorfododd ei hun i fynd ymlaen. Dylai'r ci fod wedi neidio arno erbyn hyn ond roedd e fel petai'n fodlon aros yn union y tu ôl iddo, gan gnoi ei figyrnau bob hyn a hyn ond heb suddo ei ddannedd i'w gnawd. Wedyn sylweddolodd beth roedd e'n 'i wneud. Roedd e'n aros iddo syrthio. Roedd e'n rhedeg y tu ôl iddo fe'n gyfforddus, gan adael iddo flino, gan adael iddo wneud y gwaith i gyd. Wedyn, ar ôl iddo faglu a syrthio i'r llawr, y cyfan y byddai angen iddo ei wneud fyddai rhwygo ei wddf. Gallai e droi a'i wynebu, wrth gwrs, ond gwyddai beth fyddai canlyniad gwneud hynny. Roedd yn wan yn barod o ddiffyg bwyd a dŵr. Roedd y ci, ar y llaw arall, yn edrych yn gyfarwydd iawn â'r math yma o dir. Roedd e'n fawr iawn, gyda llygaid creulon a cheg yn llawn dannedd melyn. Fyddai e ddim yn gallu gwrthsefyll anifail fel yna. Ei unig gyfle oedd dianc oddi wrtho, ei golli rywsut.

Roedd angen iddo ddod o hyd i goeden neu hyd yn oed ddarn o dir serth na fyddai'r ci'n gallu'i ddringo, ond roedd e'n rhedeg i'r cyfeiriad anghywir. Roedden nhw wedi gadael yr ardal fryniog, goediog wrth ymyl yr afon ymhell y tu ôl iddyn nhw. O'u blaenau roedd y tir yn wastad a gwag. Wrth iddo redeg, edrychodd yn wyllt ar y gorwel am rywbeth a allai ei helpu. I'r chwith, roedd rhes o lwyni. Doedden nhw ddim yn edrych yn addawol iawn ond efallai y byddai mwy o dyfiant yno neu gallai fod rhywbeth yno i'w ddefnyddio fel arf. Newidiodd e ei lwybr, gan fynd tuag ato, a meddwl drwy'r amser tybed pa mor hir y gallai e gadw i fynd.

Roedd poen cas yn ei ochr a gallai e glywed ei hunan yn tynnu am anadl wrth iddo redeg a gwyddai ei fod yn swnio fel creadur oedd â'i nerth ar fin dod i ben. Mae'n rhaid mai dyna roedd y ci'n ei glywed, hefyd.

Roedd y rhes o lwyni'n agos iawn nawr, ac er mawr siom, gwelodd nad oedd dim yma i'w helpu: dim coed, dim creigiau i'w dringo, dim byd ond canghennau pigog i rwygo'i groen wrth iddo ruthro drwy eu canol a phlanhigion dringo garw oedd yn estyn uwch-wreiddiau fel rhaffau ac yn bygwth ei faglu. Roedd dagrau'n llifo i lawr ei wyneb oherwydd gwyddai y byddai'n rhaid iddo stopio unrhyw eiliad nawr. Roedd ei gorff yn pallu hyd yn oed os oedd ei ewyllys yn llosgi cyn gryfed ag erioed.

Yna'n sydyn dyma'r tir fel petai'n diflannu oddi tano fe. Symudodd e ei goesau a'i freichiau'n wyllt wrth iddo geisio dal ati i redeg ond roedd e'n cwympo. Am eiliad neu ddwy sylweddolodd ei fod wedi rhedeg oddi ar ben clogwyn. Wedyn dyma fe'n taro'r ddaear.

Doedd e ddim wedi marw. Dyna'r peth cyntaf a sylwedd-
olodd pan agorodd ei lygaid. Doedd y cwymp ddim wedi'i ladd.
Roedd e wedi glanio ar dir meddal, tywodlyd ac efallai mai
dyna pam roedd e'n dal yn gyfan. Ond roedd ei gorff i gyd yn
boenus, yn enwedig ei ben. Cododd e ar ei eistedd yn ofalus
ac edrychodd yn ôl ar y clogwyn roedd wedi cwympo oddi
arno. Mewn gwirionedd, gor-ddweud oedd ei alw'n glogwyn.
Roedd e'n fwy tebyg i silff o graig.

Ceisiodd e godi ar ei draed a theimlodd e boen cas yn ei
bigwrn. Meddyliodd tybed a oedd wedi torri a cheisiodd ei
symud. Gallai e ei symud yn ôl a blaen felly tybiodd ei fod yn
dal yn iawn. Dechreuodd e ei fwytho'n dyner ac ar ôl tipyn
ciliodd y boen ryw ychydig. Ceisiodd godi ar ei draed eto a
gwelodd fod hyn yn bosibl, er ei fod yn dal yn boenus.

Doedd dim sôn am y ci. Roedd hynny'n un peth i fod yn
ddiolchgar amdano, o leiaf. Ond, doedd dim sôn am Tudur ac
Aysha chwaith. Cafodd ofn dychrynllyd pan sylweddolodd hyn.
Gwaeddodd eu henwau nerth ei ben ond chafodd e ddim ateb.
Rhoddodd gynnig arall arni, ac un arall, ond dim ond tawelwch
oedd i'w glywed. Yn llawn siom, dechreuodd e gerdded yn
gloff ar hyd gwaelod y silff greigiog, gan edrych i weld a oedd
ffordd iddo ddringo'n ôl i fyny, roedd yn rhaid bod Tudur ac
Aysha rywle yn y cyfeiriad yna. Ond roedd y silff yr un mor
serth yr holl ffordd ar ei hyd. Mewn gwirionedd, po bellaf yr
oedd e'n mynd, roedd hi'n edrych yn fwy fel clogwyn go iawn
a sylweddolodd y byddai'n hollol amhosibl iddo'i ddringo.

Roedd ei bigwrn yn boenus ofnadwy. Eisteddodd ar y llawr a cheisio penderfynu beth ddylai e ei wneud nesaf. Ond po fwyaf roedd e'n ystyried ei sefyllfa, gwaetha'i gyd roedd pethau'n ymddangos. Roedd e wedi blino'n lân, doedd ganddo ddim syniad ble roedd e, dim bwyd a diod ac roedd e wedi colli'i ffrindiau. Doedd e ddim hyd yn oed yn gwybod pa ffordd y dylai wynebu er mwyn bwrw ymlaen â'i daith. Ond dyna'r gofid lleiaf oherwydd roedd yr holl syniad o Balas y Cofio'n ymddangos fel jôc greulon erbyn hyn. Byddai wedi crio ond doedd dim egni ganddo i wneud hynny hyd yn oed. Yn lle hynny eisteddodd, a'i benliniau'n agos at ei gorff a'i ben yn ei ddwylo, gan ddweud wrtho'i hunan ei bod hi'n llawn cystal iddo farw fan hyn.

Daeth sŵn peswch i darfu ar ei fyfyrio. Edrychodd i fyny ac, er syndod iddo, gwelodd y ffurf fwyaf rhyfedd yn sefyll yn union y tu hwnt i'w gyrraedd, ac yn syllu arno'n chwilfrydig. Hen ddyn tenau, hanner noeth oedd yno. Roedd ei wallt yn hir ac anniben a'i farf yn denau. Gwisgai gasgliad o fwclis a'r unig ddillad amdano oedd rhywbeth fel croen anifail wedi'i glymu am ei ganol. Roedd e'n ymddangos fel petai wedi'i grebachu gan oedran, fel petai'r tywydd a'r amser wedi'i sychu'n grimp ers tro byd. Ond roedd e'n syllu arno bron fel anifail. Pesychodd e eto, a phoeri ar y llawr.

'Pwy ydych chi?' gofynnodd Jacob.

Roedd yr hen ŵr yn edrych wedi synnu. Roedd hi'n amlwg nad oedd wedi disgwyl i Jacob siarad. Gwgodd nawr, fel pe na bai'n siŵr sut i ateb. Yna, gan siarad mewn llais rhyfeddol o gryf, meddai, 'Moloch.'

'Moloch,' ailadroddodd Jacob. 'Dyna eich enw chi, ie?'

Pwyntiodd yr hen ddyn ato'i hunan. 'Moloch,' meddai eto.

'Jacob dwi.'

'Ja-cob,' meddai Moloch, gan ynganu'r enw fel petai'n ddau air.

'Mae angen bwyd a dŵr arna i,' meddai Jacob wrtho. 'Allwch chi fy helpu i?'

Nodiodd Moloch. 'Efallai,' meddai.

'Ac mae angen i mi ddod o hyd i fy ffrindiau,' aeth Jacob yn ei flaen. 'Fe ddes i yma gyda dau berson arall, bachgen a merch. Ydych chi wedi'u gweld nhw?'

Ysgydwodd Moloch ei ben. 'Moloch gweld neb arall,' meddai, 'dim ond Jacob.'

'Daeth cŵn gwyllt i redeg ar ein holau ni,' aeth Jacob yn ei flaen, 'a chawson ni ein rhannu.'

'Cŵn peryglus iawn,' cytunodd Moloch. Tynnodd ei fys ar draws ei wddf. 'Lladd ti'n hawdd.'

Doedd hi ddim yn anodd i Jacob gredu hyn. Meddyliodd yn bryderus am Aysha a Tudur. A fydden nhw wedi llwyddo i ddianc rhag y cŵn?'

'Mae angen i mi chwilio am fy ffrindiau,' meddai. 'Wnewch chi fy helpu i?'

Edrychai Moloch yn amheus. 'Bwyta gyntaf,' meddai, 'wedyn edrych.'

Roedd hi'n anodd iawn rhoi'r gorau i chwilio am ei ffrindiau ond gwyddai Jacob fod hynny'n gwneud synnwyr. Petai'n dal ati i grwydro yn y diffeithwch heb fwyd, byddai'n syrthio i'r llawr wedi llwgu a fyddai hynny'n ddim gwerth i neb.

'O'r gorau,' cytunodd. 'Wnewch chi ddangos i mi ble galla i gael bwyd?'

Roedd Moloch fel petai'n meddwl am hyn. Wedyn dwedodd. 'Ti'n rhoi rhywbeth i fi gyntaf.'

Roedd Jacob wedi'i siomi gan yr ateb hwn. Beth yn y byd allai e ei gyfnewid â'r hen ddyn rhyfedd hwn? 'Mae'n ddrwg gen i ond does gen i ddim byd i'w roi i chi,' meddai.

Pwyntiodd Moloch at esgidiau Jacob.

'Ydych chi eisiau fy esgidiau?' gofynnodd Jacob, gan fethu credu.

Nodiodd Moloch yn awyddus.

Doedd Jacob ddim yn hapus o gwbl wrth feddwl am roi ei esgidiau, ond doedd e ddim mewn sefyllfa i ddadlau. Tynnodd e nhw oddi am ei draed yn anfodlon a'u rhoi i Moloch.

Derbyniodd Moloch yr esgidiau ond wedyn pwyntiodd at sanau Jacob.

'Rydych chi eisiau fy sanau i hefyd?'

Nodiodd Moloch eto.

Ochneidiodd Jacob. Tynnodd ei sanau. Cymerodd Moloch nhw, wedyn eisteddodd ar y llawr. Yn araf ac yn drwsgl gwisg-odd y sanau, ac yna'r esgidiau. Pan oedd e wedi gorffen gwneud hyn, roedd e'n ymddangos yn falch iawn â'i hunan.

'Fe fydd yn rhaid i chi glymu'r careiau,' meddai Jacob wrtho.

Roedd Moloch yn edrych wedi drysu.

Plygodd Jacob a chlymu'r careiau drosto. Roedd hyn fel petai'n plesio Moloch hyd yn oed yn fwy. Cododd ar ei draed a phrancio o gwmpas, gan chwerthin wrtho'i hunan, fel plentyn bach. Wedyn, gan ymddangos yn fodlon, nodiodd ar Jacob. 'Dere,' meddai. Dechreuodd gerdded o'r clogwyn, gan fwrw iddi ar draws y gwastadedd tywodlyd oedd yn ymestyn fel powlen rhwng y silff o graig roedd Jacob wedi cwympo oddi arno yn gynharach a llinell arall o glogwyni yn y pellter.

Dilynodd Jacob, gan wingo bob tro roedd ei draed yn dod i gysylltiad â cherrig miniog. 'Ai dyna lle rwyt ti'n byw?' gofynnodd, gan bwyntio tuag at y clogwyni oedd yn eu hwynebu nhw.

'Ie,' meddai Moloch wrtho. 'Ddim yn bell. Ti'n gweld.'

Roedd hi'n ymddangos yn ffordd bell iawn i Jacob ond doedd ganddo ddim dewis ond cerdded yn gloff y tu ôl i Moloch. Ar ôl tipyn gofynnodd e, 'Ydych chi wedi clywed am Balas y Cofio?'

Nodiodd Moloch. 'Ydw,' meddai.

Syndod oedd ymateb cyntaf Jacob. Roedd e bron wedi peidio â chredu yn y palas ei hunan. Astudiodd yr hen ŵr yn ofalus, gan geisio barnu a oedd yn dweud y gwir ai peidio. Roedd hi'n anodd dweud ond roedd e'n ymddangos yn ddigon didwyll. Efallai nad oedd yr holl daith yma wedi bod yn wastraff

172

amser wedi'r cyfan. 'Allwch chi ddangos y ffordd yno i mi?' gofynnodd Jacob.

'Efallai,' cytunodd Moloch. 'Gyntaf ti'n bwyta.'

'Diolch,' meddai Jacob.

Wrth iddyn nhw fynd yn eu blaenau ar hyd y gwastadedd, sylwodd Jacob ar rywbeth rhyfedd. Roedd y tir o'u blaenau nhw fel petai'n llawn cerrig gwynion oedd yn disgleirio'n bŵl yn haul y prynhawn, gan wneud i'r holl wastadedd dywynnu. Meddyliodd e am ofyn i Moloch am hyn ond barnodd y byddai'n gallach iddo gadw ei egni ar gyfer y siwrne. Yn hytrach canolbwyntiodd e ar roi un droed o flaen y llall a dal i fyny â Moloch.

Hyd yn oed wedyn, yn araf roedden nhw'n mynd yn eu blaenau oherwydd, er gwaethaf ei benderfyniad, roedd yn rhaid i Jacob aros o hyd i orffwys. Un tro, pan oedd yn eistedd ar y llawr yn ceisio casglu digon o nerth i barhau, dyma Moloch, oedd yn cyrcydu wrth law, yn saethu llaw allan yn sydyn ac yn cydio yn rhywbeth. Gan edrych yn falch iawn â'i hunan, daliodd ef allan at Jacob. Pryfyn oedd e, un hir a du, a'i goesau'n chwifio'n wyllt rhwng bys a bawd Moloch. Doedd Jacob ddim yn siŵr sut y dylai ymateb. Oedd disgwyl iddo fe longyfarch Moloch am fod mor glyfar wrth ei ddal? Arhosodd Moloch am eiliad, wedyn cododd ei ysgwyddau, rhoi'r pryfyn yn ei geg, cnoi ychydig, ac yna'i lyncu.

Felly dyna ni. Roedd Moloch wedi bod yn cynnig rhywbeth i'w fwyta iddo. Wel, nid dyna syniad Jacob am fwyd: hyd yn oed yn llai blasus na'r bwyd gwyn fel sbwng roedden nhw'n ei gael bob dydd yn Locws. Crynodd e, gan obeithio y byddai beth bynnag arall fyddai i'w fwyta pan fydden nhw'n cyrraedd tŷ Moloch yn fwy apelgar na hyn.

'Dere,' meddai Moloch, pan oedd wedi gorffen bwyta. Roedd e'n awyddus i fwrw ymlaen, a byddai'n symud ei bwysau o'r naill droed i'r llall pan oedd yn rhaid iddo aros, gan daflu cip yn aml dros ei ysgwydd, fel petai'n ofni y byddai rhywun yn ei ddarganfod yno. Byddai Jacob wedi hoffi aros lle roedd e am gryn dipyn yn hirach ond cododd ar ei draed yn anfoddog a'i ddilyn.

Ychydig yn ddiweddarach, dechreuon nhw gyrraedd yr ardal roedd Jacob wedi meddwl oedd yn llawn cerrig gwynion. Nawr sylweddolodd mai esgyrn oedden nhw mewn gwirionedd, nid cerrig fel roedd e wedi tybio. Cannoedd ar gannoedd ohonyn nhw, ar wasgar dros y gwastadedd, fel dail wedi'u rhwygo o goeden yn yr hydref. Ac wrth iddo edrych yn fwy craff gwelodd, er mawr ofn iddo, fod penglogau dynol yma a thraw.

'Sut daeth yr holl esgyrn yma i fan hyn?' gofynnodd.

'Llawer o bobl wedi'u lladd yma. Amser maith, maith yn ôl,' meddai Moloch wrtho.

'Pwy oedden nhw?' gofynnodd Jacob.

Cymerodd Moloch dipyn o amser i feddwl am hyn. O'r diwedd meddai, 'Pobl oedd yn crwydro. Dedanim.'

Ymdrechodd Jacob i ddeall y newyddion hyn. Dyma'r bobl roedd e wedi marchogaeth wrth eu hochr, y dynion a'r

174

menywod roedd e wedi bwyta gyda nhw ac roedd e wedi dianc rhagddyn nhw, y bobl yn ei freuddwyd. Ond eto roedden nhw wedi marw mor bell yn ôl fel mai prin y gallai Moloch eu cofio nhw, hyd yn oed.

'Pwy laddodd nhw?' gofynnodd, ar ôl tipyn.

Agorodd Moloch ei ddwylo ar led i ddangos nad oedd yn siŵr. 'Gelynion,' meddai. 'Neu efallai eu bod nhw'n ymladd ymysg ei gilydd. Pwy a ŵyr? Wedyn, pawb wedi marw. Dim ond esgyrn ar ôl.' Wrth iddo ddweud hyn, gwenodd yn sydyn, plygu ymlaen a chodi rhywbeth o'r tir. Gan edrych yn hynod falch â'i hunan, fe'i daliodd i fyny. Roedd Jacob yn disgwyl gweld pryfyn arall yn gwingo rhwng ei fysedd, ond nawr gwelodd mai dant roedd Moloch yn ei ddal. Ar yr un pryd sylwodd mai dannedd dynol oedd y pethau roedd e wedi cymryd mai gleiniau oedden nhw ar y mwclis oedd am wddf Moloch – pedair neu bum rhes ohonyn nhw. Mae'n debyg ei fod wedi'u codi nhw i gyd o'r gwastadedd llychlyd hwn. O leiaf roedd Jacob yn gobeithio mai dyna oedd yn wir, er nad oedd e'n hollol hyderus. Penderfynodd ei bod hi'n debygol na allai ymddiried yn Moloch.

Roedd hi'n tynnu am y nos pan gyrhaeddon nhw'r clogwyni ym mhen pellaf y gwastadedd. Arweiniodd Moloch y ffordd at ddrws yng ngwaelod y clogwyn. Roedd wedi'i wneud o nifer o foncyffion coed bychan wedi'u rhwymo wrth ei gilydd ac roedd yr holl beth wedi'i glymu â darnau o ledr wrth foncyff arall, mwy oedd wedi'i forthwylio i'r ddaear. Roedd carreg fawr o flaen y drws yn ei gadw yn ei le. Gan duchan, gwthiodd Moloch hon o'r neilltu ac agorodd y drws led y pen, gan ddatgelu'r mynediad i ogof.

'I mewn,' meddai Moloch, gan roi ystum â'i law i Jacob gamu i mewn i'r ogof.

Syllodd Jacob yn ansicr i mewn. Roedd y tu mewn i'r ogof yn dywyll ac roedd hi'n anodd gweld dim o gwbl. Efallai y byddai hi'n gallach iddo adael i Moloch fynd i mewn yn gyntaf, penderfynodd. Yn sydyn, teimlodd rywbeth yn ei daro'n galed iawn ar ei gefn. Gwaeddodd yn uchel a hanner cwympo ymlaen i'r tywyllwch, gan faglu a glanio ar ei bedwar ar y llawr. Prin y cafodd amser i sylweddoli beth oedd yn digwydd pan gaeodd y drws ac aeth hi'n dywyll fel bol buwch.

'Na!' gwaeddodd, gan godi'n drwsgl ar ei draed a rhedeg tuag at y rhimyn o olau oedd yn y golwg o gwmpas y drws. Ond roedd e'n rhy hwyr. Roedd Moloch eisoes wedi llwyddo i roi'r garreg fawr oedd yn ei ddal yn ôl yn ei lle.

'Agorwch y drws 'ma!' gwaeddodd Jacob, gan wthio nerth ei freichiau. Ond roedd e wedi ymlâdd ac yn wan gan newyn a wnaeth ei ymdrechion ddim gwahaniaeth o gwbl. Oedodd i fagu mwy o nerth, yna gosododd ei ysgwydd yn erbyn y drws, palu ei sodlau i'r ddaear a gwthio cymaint ag y gallai. I ddechrau, roedd hi'n ymddangos fel petai gobaith gan-ddo. Dechreuodd y rhimyn o olau wrth y drws fynd fymryn yn lletach. Yna'n sydyn tarodd rhywbeth ochr arall y drws yn drwm, gan wneud i'r cyfan grynu, a sylweddolodd fod Moloch, rywsut neu'i gilydd, wedi llwyddo i symud craig lawer yn fwy yn erbyn y drws.

'Gad fi'n rhydd!' gwaeddodd, gan forthwylio â'i ddyrnau yn erbyn y drws, ond gwyddai nad oedd pwynt. Roedd Moloch siŵr o fod wedi mynd allan o'i glyw yn barod. Wedi llwyr ymlâdd, cwympodd Jacob ar y llawr a derbyn ei fod wedi cael ei drechu.

15. YNG NGHROMBIL Y BRYN

Doedd dim syniad ganddo faint o amser oedd wedi mynd heibio tra buodd e'n cysgu. Munudau efallai, oriau efallai. Y peth cyntaf a feddyliodd oedd bod eisiau bwyd arno. Roedd ei stumog yn teimlo fel petai rhywbeth yn ei gnoi o'r tu mewn. Ond gwyddai nad oedd pwynt meddwl gormod am hynny. Roedd yn rhaid iddo ddianc o fan hyn tra roedd ganddo ychydig o egni ar ôl ac roedd hynny'n gofyn am feddwl yn glir. Yn gyntaf roedd yn rhaid iddo ddeall beth yn union oedd wedi digwydd iddo.

Pam roedd Moloch wedi'i gloi e yn yr ogof? Beth oedd y pwynt? Beth arall roedd e ei eisiau oddi wrth Jacob, ar wahân i'w esgidiau? Cofiodd e'r ffordd roedd llaw'r hen ddyn wedi saethu allan yn sydyn a chydio yn y chwilen. Roedd wedi rhoi'r creadur yn ei geg heb feddwl ddwywaith, fel petai e'n bwyta pryfed bob dydd. Efallai ei fod e. Os felly, byddai bwyta Jacob yn newid bach braf, siŵr o fod. Oherwydd dyna oedd ei fwriad. Doedd Jacob ddim yn amau hynny nawr. Roedd e wedi cael ei wthio i mewn i'r ogof i farw o newyn a syched a phan fyddai wedi marw, byddai Moloch yn gwneud pryd o fwyd ohono. Dyna'r cynllun. Doedd e ddim yn soffistigedig ofnadwy ond doedd Moloch ddim chwaith. Roedd e'n gas, yn fileinig ac yn gyfrwys, yn sicr, ond doedd e ddim yn soffistigedig. Teimlai Jacob yn siŵr ei fod yn fwy clyfar na Moloch. Ac wrth feddwl hynny teimlai'n obeithiol. Doedd e ddim wedi cael ei drechu eto. Efallai bod ffordd iddo ddianc o'r sefyllfa hon.

Wedyn cofiodd fod y boncyffion oedd yn ffurfio'r drws wedi'u clymu â rhyw fath o raff. Efallai y gallai ddod o hyd i rywbeth a fyddai'n torri drwyddi. Byddai carreg finiog yn gwneud y tro. Byddai hi'n cymryd amser hir iawn oherwydd roedd y rhaff yn drwchus iawn ond gallai'r cynllun weithio. Y drafferth oedd, roedd hi mor anodd gweld unrhyw beth i mewn yma. Teimlodd o gwmpas ar y llawr a daeth ei ddwylo o hyd i rywbeth caled. Fe'i cododd. Teimlai fel pren hir, llyfn. Daliodd e mor agos at ei lygaid ag y gallai. Wedyn, mewn arswyd, sylweddolodd e beth oedd e: asgwrn. Taflodd e'r peth ffiaidd i ffwrdd. Am a wyddai, efallai mai dyna weddillion y person olaf roedd Moloch wedi'i ddal.

Aeth ati i chwilio llawr yr ogof, gan symud o gwmpas ar ei bedwar. Ond ddaeth dim byd addas i law, dim ond rhagor o esgyrn. Er syndod iddo, roedd hi'n ymddangos ychydig yn oleuach yng nghefn yr ogof a fuodd hi ddim yn hir cyn iddo ddarganfod y rheswm. Roedd agoriad bychan yn y wal gefn tua'r un uchder â'i frest. Roedd rhyw fath o dwnnel fel petai'n arwain yn lletraws i fyny i'r bryn. Estynnodd Jacob ei wddf i edrych i fyny arno ac yno, reit yn y pen draw, gallai weld sgwâr bychan o oleuni.

Yn syth, daeth ton o obaith drosto. Rhaid bod y goleuni'n dod o'r byd y tu allan. Petai e'n gallu dringo ar hyd y twnnel, efallai y byddai'n gallu dianc. Ond fyddai hynny ddim yn hawdd. Roedd y twnnel yn hir iawn ac yn edrych prin yn ddigon llydan i Jacob wthio'i gorff i mewn iddo. Byddai e fel mwydyn, yn twrio'i ffordd drwy'r pridd. Yr hyn oedd yn ei boeni fwyaf oedd syniad arall oedd yn ei gnoi wrth iddo ystyried y cynllun. Beth petai'r twnnel yn mynd yn gulach? Beth petai e'n mynd yn sownd hanner ffordd? Fyddai e'n gorffen ei ddyddiau wedi'i gladdu yng nghrombil y bryn?

Arhosodd e am amser hir, gan bwyso a mesur un ofn yn erbyn y llall, ond o'r diwedd penderfynodd e roi cynnig arni. Beth arall allai e ei wneud? Y dewis arall oedd eistedd ar lawr yr ogof a llwgu. Cyfrodd e i dri, er mwyn ei helpu'i hunan i fagu digon o ddewrder. Wedyn rhoddodd e ei freichiau allan o'i flaen, fel plymiwr o dan y dŵr, a gwthio'i ffordd i mewn i'r twnnel.

Doedd hi ddim yn hawdd iddo symud ymlaen. Roedd yn rhaid iddo wthio'i ffordd, gan ddefnyddio'i benelinoedd yn erbyn yr ochrau i dynnu'i gorff ymlaen. Cyn hir roedd e wedi ymlâdd ac arhosodd i orffwys. Roedd e'n ofnadwy o anghysurus a diawliodd Moloch. Dwedodd e wrtho'i hunan na ddylai e byth fod wedi ymddiried ynddo, ei fod wedi gwybod o'r eiliad y gwelodd yr hen ddyn fod rhywbeth annifyr amdano, y ffordd roedd ei lygaid wedi ymddangos yn llawer mwy byw na'r gweddill ohono, ond nid fel llygaid dynol – yn debycach i lygaid rhyw anifail.

Am ryw reswm gwnaeth hyn iddo feddwl am y freuddwyd roedd e wedi'i chael yn yr ystafell wely ac yna, yn ddiweddarach, pan oedden nhw wedi dechrau ar eu taith i chwilio am Balas y Cofio. Wedyn, ar bob achlysur, doedd e prin wedi gallu cofio unrhyw beth am y digwyddiadau roedd e wedi'u gweld: ond nawr cofiodd yn glir am yr aderyn oedd wedi eistedd ar y ffens wifren, a'i lygaid disglair yn syllu arno. Roedd e wedi agor ei geg a rhyddhau llif o nodau. Roedd Jacob bron yn gallu clywed y gân honno eto a chododd ei galon wrth feddwl amdani, hyd yn oed yma a'i wyneb wedi'i wasgu yn erbyn y graig oer a tho'r twnnel yn ormesol o agos at ei ben. Gorfododd e ei hun i symud ymlaen eto, gan deimlo'n ddewrach wrth gofio am yr atgof.

Ond roedd hi'n broses araf iawn a dechreuodd ei benelinoedd frifo lle roedd y croen yn cael ei rwbio i'r byw gan ymylon y twnnel. Yn y cyfamser doedd y ffenest fach o oleuni yn y pellter ddim fel petai hi'n dod damaid yn nes. Cadwodd e i fynd tuag i fyny, gan geisio anghofio ei fod e'n dechrau dioddef fwyfwy o glawstroffobia drwy feddwl am ei freuddwyd a meddwl beth oedd ei hystyr. Roedd e'n siŵr fod ganddi rywbeth i'w wneud â'i fywyd cyn Locws a'i bod yn eiliad dyngedfennol yn y bywyd hwnnw. Petai e ond yn gallu cofio beth ddaeth wedyn. Ond wrth iddo feddwl am hyn dechreuodd e ddod yn ymwybodol fod rhywbeth wedi newid. Roedd hi'n ymddangos fel petai ychydig yn rhagor o oleuni yn y twnnel, rywsut. Eiliad yn ddiweddarach cafodd y fath ofn fel na allai symud, wrth iddo ddod yn ymwybodol fod rhywun yn gweiddi wrth waelod y twnnel. Allai e ddim deall y geiriau. Doedd dim lle iddo chwaith i droi ei ben ac edrych y tu ôl iddo, ond doedd dim gwahaniaeth. Doedd hi ddim yn anodd iddo adnabod y llais. Moloch oedd yno. Roedd e wedi dod yn ôl, naill ai i weld a oedd Jacob yn dal yn fyw, neu i edrych arno'n dioddef. Beth bynnag, roedd e wedi cael tipyn o siom. Roedd hynny'n amlwg o oslef ei lais. Roedd e'n dal i weiddi i fyny'r twnnel a nawr gallai Jacob ddeall y geiriau, 'Dere 'nôl!' Gwingodd yn ei flaen ar hyd y twnnel cyn gynted ag y gallai.

Ar ôl y gweiddi cyntaf, bu tawelwch ond ymlaciodd Jacob ddim. Am a wyddai, roedd Moloch wedi dod i mewn i'r twnnel ac roedd yn crafu ei ffordd tuag ato'r eiliad honno. Gweithiodd e ei ffordd ymlaen yn wyllt, gan anwybyddu'r boen yn ei benelinoedd a'i bengliniau. Ond nawr daeth problem arall. Roedd y twnnel yn mynd yn gulach. Roedd e wedi amau hyn ers cryn amser ond doedd e ddim wedi mentro meddwl am y peth, hyd yn oed. Nawr allai e mo'i anwybyddu. Roedd y to'n bendant yn mynd yn is. Petai hyn yn parhau byddai e'n ei gael ei hunan yn sownd, fel roedd e wedi ofni. Arhosodd, wedi'i rwygo rhwng dau beth yr un mor arswydus â'i gilydd.

Wrth iddo oedi, dechreuodd e sylwi ar arogl rhyfedd, ond un oedd yn bendant yn gyfarwydd iddo. Ffroenodd, gan geisio penderfynu beth oedd e. Roedd yr arogl yn mynd yn gryfach fesul eiliad. Ar yr un pryd sylweddolodd fod y twnnel yn mynd yn dywyllach. Oedd Moloch wedi cau'r drws i'r ogof eto, meddyliodd? Yn sydyn, sylweddolodd beth oedd yn achosi'r arogl a'r tywyllwch cynyddol. Mwg. Roedd y twnnel y tu ôl iddo wedi llenwi'n raddol â mwg a nawr roedd e'n dechrau ei gyrraedd. Daeth ambell chwa o fwg heibio iddo.

Gwingodd Jacob yn ei flaen, yn hollol wyllt. Roedd to'r twnnel fodfeddi'n unig uwch ei ben nawr ond doedd dim dewis ganddo – roedd yn rhaid iddo ei yrru ei hun ymlaen. Ond gwelodd, er mawr ryddhad iddo, na fyddai hi'n amhosibl iddo fynd drwy'r twnnel. Mewn gwirionedd, dechreuodd ledu unwaith eto cyn bo hir. Roedd hynny'n rhyw gysur, o leiaf; ond roedd y mwg yn mynd yn waeth. Roedd e'n pesychu drwy'r amser ac roedd ei lygaid yn dyfrio gymaint fel bod yn rhaid iddo eu cadw ar gau. Gallai e flasu'r mwg yn ei geg, yn ei deimlo'n lapio am ei gorff, ond cadwodd i fynd o hyd.

Doedd e ddim yn meddwl am ddim byd nawr. Roedd ei feddwl yn canolbwyntio ar ewyllys, oedd yn ei yrru ymlaen fel creadur dall sy'n treulio'i amser o dan ddaear. Ceisiodd e anadlu'n ysgafn i'w atal ei hunan rhag peswch a gwasgodd ei lygaid ynghau. Pan agorodd e nhw, ar ôl cyfnod hir, roedd hi'n syndod iddo weld fod y ffenest o olau wedi dod yn llawer mwy. Roedd hi hefyd yn ymddangos fel petai llai o fwg yn yr aer. Rhaid ei fod yn llawer nes at y byd y tu allan. Wedi'i galonogi, aeth yn ei flaen ar ei bedwar. Doedd cynllun yr hen ddyn ddim yn gweithio. Rhaid bod Moloch wedi gobeithio y byddai Jacob yn rhoi'r gorau iddi ac yn llithro'n ôl i lawr i'w grafangau. Wel roedd Jacob yn gryfach na hynny. Er nad oedd llawer o nerth ar ôl yn ei gorff, doedd ei ewyllys ddim wedi ildio. Roedd wedi gwrthod cael ei drechu. Byddai e'n dal ati beth bynnag fyddai'n ceisio ei rwystro.

Wrth feddwl fel hyn, dechreuodd deimlo'n hapus a sylweddolodd ei fod yn chwerthin yn uchel am ei fod wedi trechu Moloch. Cyn hir, trodd y chwerthin yn bwl o besychu, gan ei adael yn rhy wan i symud am rai munudau. Ond wedyn i ffwrdd ag ef eto, gan fynd fel mwydyn tuag at ben draw'r twnnel.

Mewn ychydig eiliadau byddai'r tu allan, meddai e wrtho'i hun, yn sefyll ar y llechwedd moel, yn anadlu'r awyr iach. Byddai'n rhaid iddo fod yn ofalus, wrth gwrs. Roedd hi'n debygol fod Moloch yn gwybod lle roedd y twnnel yn dod allan. Efallai y byddai e hyd yn oed yn aros wrth geg y twnnel. Byddai'n rhaid i Jacob symud ymlaen yn ofalus. Ond wrth feddwl fod y bennod ofnadwy hon yn dod i ben, dechreuodd deimlo braidd yn benysgafn.

Nawr, o'r diwedd, roedd e wedi cyrraedd ceg y twnnel. Roedd hi'n dal i ymddangos yn eithaf tywyll a diflas y tu allan. Allai hi fod yn nos eto? Doedd dim syniad ganddo am faint roedd e wedi bod yn cysgu yn yr ogof. Gwthiodd ei ben allan o'r twnnel ac edrych o'i gwmpas. Ar y dechrau allai e ddim deall ble roedd e. Wedyn sylweddolodd beth oedd y gwir a daeth siom yn drwm drosto. Doedd ceg y twnnel ddim ar y llechwedd o gwbl. Yn hytrach roedd e mewn siambr lawer yn fwy y tu mewn i'r bryn. Roedd e wedi gwneud y fath ymdrech i fynd o un ogof i un arall.

Daeth allan ar ei bedwar a gorwedd ar y llawr, yn rhy flinedig i symud modfedd arall. Diflannodd y llawenydd roedd e wedi'i deimlo wrth drechu Moloch. Teimlai'n hollol wag, fel petai ei gorff yn ddim mwy na chragen ac roedd y Jacob go iawn wedi mynd yn bell i ffwrdd.

Ond wedyn ar ôl iddo orwedd fel hyn am amser hir, dechreuodd rhyw rym yn ei ymennydd ei lusgo'n ôl i'r presennol. Roedd syniad yn ymffurfio yng nghefn ei feddwl, syniad oedd yn mynnu ei sylw. Beth oedd e, meddyliodd e'n flin a chrac. Pam roedd hi'n rhaid iddo gadw i fynd fel hyn? Pam na allai e roi'r gorau iddi, cau ei lygaid a marw? Ond roedd ei ewyllys i fyw'n dal yn llawer rhy gryf. Ac roedd yr ewyllys honno'n mynnu ei fod yn canolbwyntio nawr. Ar beth, gofynnodd iddo'i hun yn flinedig? Daeth yr ateb yn ôl yn syth: ar y ffaith mai'r siambr hon oedd ffynhonnell y goleuni roedd e wedi'i weld pan edrychodd ar hyd y twnnel; ar y ffaith, er ei bod hi'n dywyll yma, ei bod hi'n dal yn ddigon golau iddo weld. Dim ond un ystyr oedd i hyn. Rywsut neu'i gilydd rhaid bod yr ogof hon wedi'i chysylltu â'r byd y tu allan. Ochneidiodd wrth sylweddoli nad oedd ei ymdrech ar ben. Roedd siawns o hyd bod ffordd allan ac roedd yn rhaid iddo ddod o hyd iddi.

Cododd e oddi ar y llawr yn araf ac edrych o'i gwmpas. Roedd y golau'n dod o un pen o'r siambr, ac aeth e draw i archwilio. Wrth iddo edrych i fyny, gallai e weld sgwâr o olau dydd ymhell uwch ei ben. Ac wrth y golau gallai weld cyfres o styffylau metel oedd wedi'u gwthio i mewn i'r wal i wneud ysgol syml. Roedd hi'n amlwg mai dyma'r ffordd roedd hi'n rhaid iddo ei chymryd. Ond roedd hi mor uchel.

Roedd e bron yn teimlo'n gorfforol sâl wrth edrych ar yr ysgol. Dychmygodd ei hunan yn dringo i fyny ochr yr ogof a chofiodd am stori Steffan am bryfyn yn ceisio dringo wal yr ystafell wely. Roedd e wedi cyrraedd rhyw fan ac wedyn wedi syrthio i lawr ond wedi dechrau unwaith eto'n syth. Roedd y broses hon wedi cael ei hailadrodd dro ar ôl tro tan i'r ymdrech ddod i ben pan ddaeth rhywun drwy'r drws a sathru ar y creadur wrth iddo orwedd ar y llawr, yn ymdrechu i sythu ei hunan. Dyna oedd yn digwydd i'r rhai oedd yn ymdrechu er gwaethaf popeth. Roedd rhywun yn rhoi pen ar eu poenau drwy sathru arnyn nhw.

Doedd dim pwynt meddwl fel hyn. Gwyddai e hynny. Er bod y peth yn codi ofn arno, byddai'n rhaid iddo ddringo'r ysgol. Po fwyaf roedd e'n ei dreulio'n meddwl am y peth, y caletaf fyddai hi. Tynnodd anadl ddofn, wedyn gan gydio mewn stwffwl metel â'i ddwy law, camodd ar ffon gyntaf yr ysgol a dechrau'r ddringfa hir tuag at olau dydd.

O'r dechrau'n deg sylweddolodd na ddylai edrych i lawr. Roedd e'n gwybod hynny'n reddfol. Allai e ddim cofio dringo i uchder mawr o'r blaen, ond efallai iddo wneud hynny yn ei fywyd blaenorol. Beth bynnag, gwyddai e na ddylai syllu'n ôl dros ei ysgwydd. Yr unig ffordd oedd rhoi ei law i fyny i gydio yn y stwffwl nesaf o hyd, ac yna camu ar ffon nesaf yr ysgol. Gwell oedd peidio meddwl am yr hyn roedd e'n ei wneud o gwbl. Wrth gwrs roedd yn rhaid iddo fod yn ofalus, gwneud yn siŵr fod ei afael yn dynn a'i draed yn ddiogel, ond ar wahân i hynny roedd hi'n bwysig symud ymlaen yn fecanyddol. Oherwydd petai'n dechrau meddwl am yr hyn roedd e'n ei wneud, byddai ei gorff i gyd yn dechrau ysgwyd, byddai'n gollwng ei afael fregus ar yr ysgol a syrthio i lawr yn bendramwnwgl drwy'r tywyllwch ar ygarreg oer islaw.

Ar y dechrau ceisiodd gyfri'r ffyn er mwyn ceisio cadw ei bwyll ond ar ôl iddo gyrraedd dau gant, roedd hyn hyd yn oed yn gwneud iddo deimlo'n bryderus. Yn lle hynny ceisiodd ganolbwyntio ar yr holl bethau da oedd wedi digwydd iddo ers iddo ddeffro yn y cae wrth ymyl yr afon. Cofiodd fel roedd e wedi sefyll yn yr ystafell wely am y tro cyntaf yn edrych ar ystafell yn llawn o ddieithriaid, yn hollol ofnus, tan i Tudur ei gymryd o dan ei adain. Cofiodd e hefyd fel roedd e ac Aysha wedi cael cysur yn erbyn oerni ffyrnig y nos drwy orwedd â'u breichiau am ei gilydd. Ble roedd Tudur ac Aysha nawr, meddyliodd? Roedd e'n gobeithio'n fawr eu bod nhw'n dal yn fyw, nad oedden nhw wedi cael eu llarpio gan y cŵn gwyllt.

Er ei fod e wedi rhoi'r gorau i gyfri'r ffyn, rhaid bod rhan o'i feddwl wedi parhau i wneud hynny'n awtomatig, oherwydd

187

gwawriodd arno ei fod wedi mynd y tu hwnt i chwe chant erbyn hyn ac eto roedd y ffenest o oleuni'n ymddangos yn bell iawn i ffwrdd. Roedd ei bigwrn yn ei frifo'n ofnadwy ac roedd e'n meddwl tybed a oedd e wedi llwyddo i gyrraedd hanner ffordd. Er gwaetha'r lleisiau yn ei rybuddio bod hyn yn gamgymeriad, allai Jacob ddim gwrthsefyll y demtasiwn i edrych dros ei ysgwydd a gweld pa mor bell roedd e wedi dod.

Allai e ddim gweld gwaelod yr ogof o gwbl. Yn hytrach, roedd e fel petai'n hongian mewn rhyw fath o dwll tywyll, diddiwedd. Dechreuodd e deimlo'n sâl o benysgafn a chafodd awydd i ollwng gafael ar yr ysgol a chwympo i mewn i'r tywyllwch. Daeth chwys oer drosto a chrynai ei goesau nes ei fod yn siŵr y bydden nhw'n rhoi oddi tano. Roedd llais fel petai'n sibrwd yn ei ben mai'r peth hawsaf i'w wneud oedd rhoi'r ffidl yn y to, mai mater o sythu ei fysedd oedd y cyfan, gadael i'w gorff ymlacio. Byddai hyn fel mynd i gysgu, meddai'r llais wrtho. Fyddai dim poen, dim ond ymdeimlad o gyflymder, ac yna anghofio popeth yn syth.

Roedd hi'n amser penderfynu, meddai e wrtho'i hun. Allai e ddim aros fan hyn, hanner ffordd rhwng y tywyllwch a'r goleuni. Roedd angen iddo fynd y naill ffordd neu'r llall a doedd e ddim yn siŵr a allai wynebu gweddill y dringo. Roedd ei gorff mor flinedig ac roedd meddwl am ollwng gafael yn gysur iddo. Ie, dyna roedd angen iddo'i wneud. Dyna fyddai orau. Roedd e ar fin gollwng ei afael pan sylweddolodd ei fod wedi clywed y frawddeg honno o'r blaen. Ble, meddyliodd? Wedyn cofiodd iddo weld ei fam a'i dad yn dadlau. Cofiodd ei fam yn dweud, 'Dwi'n credu y dylen ni dreulio ychydig o amser ar wahân.' Roedd ei dad wedi edrych arni am amser hir. Wedyn roedd e wedi ochneidio. 'Ai dyna rwyt ti eisiau go iawn?' roedd e wedi gofyn. 'Dwi'n credu mai dyna fyddai orau,' oedd ei hateb. Ond roedd hi wedi bod yn anghywir. Roedd e wedi bod yn siŵr am hynny o'r blaen. Roedd e'r un mor siŵr am hynny nawr. A gyda'r sicrwydd hwnnw cofiodd e pam roedd e'n gwneud hyn i gyd, pam roedd e wedi mynd i chwilio am Balas y Cofio yn y lle cyntaf. Roedd e eisiau mynd yn ôl i dir y byw fel y gallai e wneud rhywbeth i helpu ei rieni, fel y gallen nhw weld nad ymadael â'i gilydd oedd orau, ei fod e'n gamgymeriad ofnadwy, fel syrthio oddi ar ysgol ar lawr cerrig oer pan allech chi fod yn dringo i fyny tuag at y goleuni. Trodd ei gefn at y wal, cydio yn y ffon nesaf ac ailddechrau dringo.

Gam wrth gam, ffon wrth ffon, dringodd hyd nes y gallai deimlo awel ar ei wyneb ac arogli'r byd y tu allan. Doedd dim angen iddo yrru ei hunan ymlaen mwyach, roedd arogl rhyddid yn ddigon. Roedd ei gorff fel petai wedi cryfhau eto wrth edrych ymlaen at sefyll o dan yr nen ac anadlu awyr iach. O'r diwedd dim ond ychydig o ffyn oedd ar ôl. Oedodd am eiliad. A fyddai Moloch yn disgwyl amdano?

Gan ymbaratoi at ryw fath o ymosodiad, gwthiodd ei ben yn ofalus iawn drwy geg y twll. Roedd wedi dod allan ar ochr draw'r bryn, fel roedd e wedi disgwyl. Er mawr ryddhad iddo, gwelodd nad oedd sôn am Moloch. O'i gwmpas i gyd roedd porfa las, a'i harogl fel rhyw fath o bersawr gwych ac egsotig. Ac ymhellach i lawr y llechwedd gallai weld adeilad anferthol.

Llamodd ei galon wrth ei weld. Palas y Cofio oedd e, doedd dim dwywaith amdani.

16. PALAS Y COFIO

Roedd yr adeilad carreg llwyd yn codi i'r awyr fel rhyw fath o nodwedd naturiol, fel petai heb gael ei adeiladu ond yn hytrach wedi tyfu allan o'r llechwedd. Yn ei ganol roedd tŵr mawr a chromen heb ffenest ar ei ben. Roedd dwy adain o'r adeilad yn dod allan ar bob ochr ac roedd llwybr yn arwain rhyngddyn nhw i'r brif fynedfa. Aeth Jacob yn ofnus ar hyd y llwybr hwn.

Roedd curwr mawr haearn ar y drws ffrynt. Cododd ef a'i ollwng i gwympo'n drwm, a'r sŵn yn torri'r tawelwch oedd dros y lle i gyd. Arhosodd am amser hir ar ôl i'r adleisiau dawelu ond doedd dim ateb. Pan oedd ar fin codi'r curwr unwaith eto, agorodd y drws led y pen a syllodd ar wyneb cyfarwydd.

'Mae'n edrych fel petait ti wedi dod o hyd i mi o'r diwedd,' meddai Fyrsil.

Roedd Jacob wedi synnu cymaint fel mai dim ond nodio y gallai ei wneud.

'Mae'n well i ti ddod i mewn,' aeth Fyrsil yn ei flaen. 'Does dim pwynt aros ar y trothwy.'

Arweiniodd y ffordd ar hyd coridor tywyll. Roedd ffaglau wedi'u gosod bob hyn a hyn ac wrth eu golau gallai Jacob

weld bod y waliau'n llawn darluniau lle roedd gorymdeith-
iau hir o bobl, rhai'n gwisgo coronau a gemau, rhai wedi'u
gwisgo'n anniben, yn cael eu harwain gan greaduriaid rhyfedd,
hanner pobl, hanner anifeiliaid. Roedd pen ci gan un, a chorff
neidr. Roedd ysgerbwd yn curo drwm yn dawnsio o'u blaenau
nhw.

'Dere,' meddai Fyrsil yn ddiamynedd, wrth i Jacob stopio i
syllu. 'Mae eu mawrhydi'n disgwyl amdanat ti. Fyddai hi ddim
yn ddoeth i ti wneud iddyn nhw ddisgwyl.'

Eiliad yn ddiweddarach arhoson nhw o flaen drws. 'Aros
yma gyda'r lleill,' meddai. Agorodd y drws a chamodd Jacob i
mewn. Sylwodd e'n sydyn fod yr ystafell wedi'i haddurno'n
goeth gyda rhagor o ddarluniau cymhleth ar y waliau, cyn iddo
sylweddoli bod Tudur ac Aysha'n eistedd ar gadeiriau wrth
fwrdd yng nghanol yr ystafell. Roedden nhw'n wên i gyd pan
welson nhw fe. Neidiodd Aysha ar ei thraed a thaflu ei
breichiau amdano. 'Jacob!' meddai hi. 'Roedden ni'n meddwl
bod rhywbeth ofnadwy wedi digwydd i ti.'

'Fe ddigwyddodd rhywbeth ofnadwy i fi,' atebodd, 'mewn
gwirionedd fe ddigwyddodd llawer o bethau ofnadwy i mi. Ond
fe lwyddais i ddod drwyddyn nhw.'

'Eistedd ac adrodd yr hanes wrthon ni,' awgrymodd Aysha.

Eisteddodd Jacob a dweud wrthyn nhw am y ffordd y
cwympodd e ac am gwrdd â Moloch. Disgrifiodd y bennod
ofnadwy a ddigwyddodd wedyn, gan gynnwys ei daith drwy'r
twnnel ac i fyny'r ysgol.

'Dydy ein stori ni ddim hanner cynddrwg â hynny,' meddai Tudur wrtho. 'Fe ddaethon ni o hyd i goeden. Mae'n rhaid mai dyna'r unig goeden am filltiroedd ond dyna lle roedd hi. Fe ddringon ni i fyny i'w changhennau hi. Dwn i ddim sut daethon ni i ben. Dwi erioed wedi gwneud unrhyw beth mor gyflym o'r blaen. Beth bynnag, ar ôl i ni gyrraedd pen y goeden, fe arhoson ni i'r cŵn ddiflasu – fe gymerodd hynny oriau. Ond yn y diwedd codon nhw a cherdded i ffwrdd. Wedyn edrychon ni amdanat ti ond allen ni ddim dod o hyd i ti. Wydden ni ddim beth i'w wneud. Roedden ni'n meddwl yn siŵr dy fod ti wedi cael dy ladd. Wedyn fe welson ni Fyrsil yn dod tuag aton ni.'

'Fe gwrddoch chi â fe allan yna, yn y diffeithwch?' gofynnodd Jacob, mewn syndod.

'Do.'

'Ein greddf gyntaf ni oedd troi a rhedeg,' ychwanegodd Aysha, 'ond, a dweud y gwir, roedden ni'n rhy flinedig. Roedden ni wedi penderfynu y gallai e fynd â ni'n ôl i Locws petai e eisiau. Roedden ni wedi cael digon. Felly arhoson ni a disgwyl amdano. Ond pan gyrhaeddodd e, y cyfan ddwedodd e oedd, "Ble mae Jacob?" Fe ddwedon ni nad oedden ni'n gwybod ac fe ddwedodd mai un anodd fuest ti erioed. Wedyn fe ddaeth â ni yma.' Oedodd hi. Wedyn ychwanegodd, 'Dwi'n falch dy fod ti wedi cyrraedd.'

'Cael a chael oedd hi,' atebodd Jacob.

Wrth iddo ddweud hyn agorodd y drws a chamodd Fyrsil i'r ystafell. 'Fe fydd eu mawrhydi'n eich gweld chi fesul un,' cyhoeddodd e. 'Fe fyddan nhw'n dechrau gyda ti,' ychwanegodd, gan bwyntio at Aysha. Cododd hi ar ei thraed, codi ei llaw yn nerfus ar y ddau arall a dilyn Fyrsil yn ôl i mewn i'r coridor.

'Beth wyt ti'n meddwl y byddan nhw'n 'i ddweud wrthon ni?' gofynnodd Tudur.

Cododd Jacob ei ysgwyddau.

'Hynny yw, wyt ti'n meddwl y byddan nhw'n gadael i ni fynd yn ôl i dir y byw?' aeth Tudur yn ei flaen.

'Dwn i ddim. Efallai nad yw'r grym gyda nhw. Efallai mai ein hanfon ni'n ôl i Locws wnân nhw, dyna i gyd.'

'Os gwnân nhw, dwi'n gwrthod mynd,' meddai Tudur, yn ffyrnig.

Gwenodd Jacob, gan gofio'r bachgen oedd wedi cyfaddef nad oedd yn ddigon dewr i barhau heb gefnogaeth ei ffrindiau. 'O leiaf fydd hi ddim yn hir cyn y cawn ni wybod un ffordd neu'r llall,' meddai.

Wedi hynny ddwedodd yr un ohonyn nhw ryw lawer tan i Fyrsil roi ei ben o gwmpas y drws unwaith eto. Y tro hwn amneidiodd ar Tudur a chafodd Jacob ei adael ar ei ben ei hun. Nawr ei fod ar ei ben ei hun, sylweddolodd y dylai feddwl am yr hyn roedd e'n mynd i'w ddweud wrth y brenin a'r frenhines. Roedd angen iddo gyflwyno'i achos yn ofalus, penderfynodd. Byddai e'n dweud ei bod hi'n annheg fod ei gof wedi'i ddwyn oddi arno, a'i fod yn gorfod gweithio a chodi cerrig, a'i fod yn cael bwyd oedd yn rhoi maeth ond ddim yn rhoi unrhyw foddhad, a'i fod yn y diwedd yn gorfod dioddef taith drwy'r diffeithwch i ddod o hyd i rywun y gallai gwyno wrtho. Byddai hefyd yn egluro bod angen iddo ddychwelyd i fyd y byw, nid er ei les ei hunan yn unig ond er lles ei rieni hefyd.

Pan oedd yn fodlon â'i araith, cododd e ar ei draed ac edrych ar y darluniau ar y waliau. Roedden nhw'n dangos rhagor o'r gorymdeithiau rhyfedd o bobl o bob math. Tynnodd un wal yn arbennig ei sylw. Dangosai linell oedd yn edrych yn ddiderfyn o bobl yn dilyn sgerbwd. 'Ni yw'r rheina,' meddyliodd Jacob wrtho'i hun, 'plant Locws i gyd yw'r rheina.'

Ar hynny, daeth sŵn drws yn cael ei agor unwaith eto i darfu arno. 'Mae eu mawrhydi am dy weld di nawr,' meddai Fyrsil.

Dilynodd Jacob ef allan o'r ystafell. Roedd llawer o gwestiynau yr hoffai fod wedi'u gofyn i Fyrsil ond teimlai'n siŵr na fyddai'n fwy tebygol o gael atebion y tro hwn na'r tro cyntaf iddyn nhw gwrdd. Arweiniodd Fyrsil ef i lawr coridor â charped ar y llawr a stopio o flaen drws lle roedd y symbol dauwynebog cyfarwydd wedi'i baentio'n aur. 'Dyma ni,' meddai. Agorodd e'r drws ac amneidio ar Jacob i fynd i mewn.

Roedden nhw mewn ystafell enfawr oedd bron yn hollol wag, heblaw am garped hir, tenau oedd yn arwain o'r drws at lwyfan bychan lle roedd hen ddyn â gwallt gwyn yn sefyll.

Roedd e'n gwisgo dillad duon ac roedd coron arian am ei ben.

'Fe gei di fynd yn nes,' sibrydodd Fyrsil wrth Jacob. Wedyn aeth e wysg ei gefn allan o'r drws a diflannu.

Ac yntau nawr o'r diwedd wedi cyrraedd y person roedd e wedi teithio'r holl ffordd i gwrdd ag ef, roedd Jacob yn gyndyn o fynd ymlaen a siarad. Beth petai e'n gwneud cawlach o bethau ar y diwedd fel hyn? Ond allai e ddim aros wrth y drws mwyach. Felly, gan grynu, cerddodd ymlaen yn araf wrth i'r hen ddyn edrych arno'n llym â llygaid llwyd dyfrllyd. 'Wel, 'te,' meddai e pan oedd Jacob wedi cyrraedd y llwyfan, 'beth wyt ti 'i eisiau gen i?' Siaradai e mewn llais oedd yn swnio mor hen a blinedig ag amser ei hun.

'Os gwelwch yn dda, eich mawrhydi,' dechreuodd Jacob, 'dwi eisiau fy mywyd yn ôl.' Roedd e'n ymwybodol, wrth iddo siarad, ei fod yn swnio'n fwy fel plentyn cwynfanllyd nag areithiwr gwych ond allai e mo'r help. Roedd y geiriau roedd e wedi'u paratoi mor ofalus wedi diflannu o'i ben. Y cyfan oedd ar ôl oedd ei awydd amrwd i ddychwelyd i fyd y byw.

Nodiodd yr hen ddyn ei ben ond ni newidiodd yr olwg ddifrifol ar ei wyneb. 'Mae hi'r un peth bob amser,' meddai. 'Y dyheu yma o hyd am yr hyn sydd wedi'i adael ar ôl. Weithiau mae hi'n well peidio ag edrych yn ôl. Feddyliaist ti erioed am hynny?'

Doedd Jacob ddim yn siŵr sut y dylai ateb. 'Dyw hi ddim yn deg ' mod i'n cael fy nghadw yma,' meddai.

Cododd yr hen ddyn un ael. 'Ddim yn deg?' meddai. 'Ddim yn deg!' Siaradai e fel petai'r syniad yn ei lenwi â dicter. 'Does dim byd yn deg, Jacob. Dwyt ti ddim yn sylweddoli hynny? Pan oeddet ti'n byw yn nhir y byw roedd miliynau o blant yn marw bob dydd o glefydau, newyn ac esgeulustod. Oedd hynny'n deg?'

Ysgydwodd Jacob ei ben.

'Wrth gwrs nad oedd e,' aeth yr hen ddyn yn ei flaen. 'I hynny roedden nhw wedi'u geni, dyna i gyd. Pwy oedd yn cymryd unrhyw sylw ohonyn nhw pan oedden nhw'n codi'u dwylo ac yn cwyno nad oedd bywyd yn deg? Neb. A ti'n llai na neb.'

Allai Jacob ddim meddwl am ddim i'w ddweud yn ateb. Doedd dim dwywaith fod cyhuddiad y brenin yn wir ond sut gallai e ei ateb pan na allai gofio dim byd am ei fywyd blaenorol.

Roedd yr hen ddyn yn dawel am amser hir, fel petai wedi ymgolli yn ei feddyliau. O'r diwedd siaradodd eto. 'Wel, rwyt ti yma,' meddai. 'Rwyt ti wedi cyrraedd fy mhalas er gwaethaf popeth ac mae'n rhaid i mi ystyried yr hyn sydd gennyt i'w ddweud. Ond gad i ni dybio am eiliad ei bod hi'n bosibl troi amser yn ôl. Gad i ni dybio bod gen i'r grym i'th anfon di'n ôl i dir y byw. Yn wir, gad i ni ddychmygu bod modd adfer popeth sydd wedi'i golli. Wyt ti'n meddwl y byddai'r byd yn well lle oherwydd hynny?' Syllodd e'n syth ar Jacob.

Doedd Jacob ddim yn hollol siŵr beth oedd ystyr y cwestiwn mewn gwirionedd ond nodiodd ei ben yr un fath. 'Dwi'n credu y gallai fod,' atebodd.

Ochneidiodd yr hen ddyn. 'Wyddost ti beth yw'r peth mwyaf hurt am ddynoliaeth?' mynnodd. Ond cyn y gallai Jacob ei ateb, aeth y brenin yn ei flaen. 'Gobaith,' cyhoeddodd. 'A dyna'r un peth na fydd yn marw. Gad i mi egluro rhywbeth i ti. Mae pobl yn cyrraedd fy nheyrnas am bob math o resymau ond yn yr achos hwn dy benderfyniad di'n unig oedd dod yma.'

Rhythodd Jacob yn ôl arno mewn rhyfeddod. Doedd yr hyn roedd y brenin wedi'i ddweud ddim yn gwneud unrhyw synnwyr o gwbl. 'Ydych chi'n dweud mai fi ddewisodd ddod yma?' gofynnodd.

'Ddim yn union,' atebodd y brenin. 'Ond dy benderfyniad di ddaeth â ti yma. A phenderfyniad ffôl iawn oedd e, hefyd. Petawn i'n dy ddychwelyd di i dir y byw, pwy all ddweud na fyddi di'n gwneud yr un penderfyniad yn union unwaith eto?'

'Wnaf i ddim, dwi'n addo,' meddai Jacob wrtho.

Chwarddodd yr hen ddyn yn drist. 'Mae llawer o rai eraill wedi sefyll lle rwyt ti'n sefyll nawr a gwneud yr addewid yna,' cyhoeddodd. 'Ychydig iawn sydd wedi'i gadw e. Ond nid fi fydd yn penderfynu nawr.'

Gan symud yn gyflym ac yn chwim, trodd e ar ei sawdl, ond yn lle cefn hen ddyn, roedd Jacob nawr yn wynebu wyneb a chorff menyw ifanc. Roedd y ddau berson fel petaen nhw'n byw yn yr un corff. Gwenodd hi arno. 'Paid â chael ofn, Jacob,' meddai hi wrtho. 'Rydyn ni'n wynebu dwy ffordd wahanol. Mae e'n wynebu tuag at farwolaeth a 'dw innau'n wynebu tuag at fywyd. Amdana i rwyt ti wedi bod yn chwilio'r holl amser yma. Nawr gwranda ar yr hyn sydd gen i i'w ddweud. Ym mhen draw'r ystafell yma mae drws. Mewn eiliad fe fydd yn rhaid i ti ei agor e a chamu drwyddo. Ar ôl i ti wneud hynny, fe fyddi di wedi gadael y byd hwn y tu ôl i ti'n llwyr. Fe fyddi di'n ôl ar dir y byw. Ond aros,' aeth hi yn ei blaen, pan welodd hi Jacob yn dechrau gwenu'n llawen. 'Mae rhywbeth y mae'n rhaid i ti 'i ddeall. Ar ôl i ti adael fy nheyrnas i, fe fyddi di'n anghofio'r hyn ddigwyddodd i ti ar dir y meirw.'

'Ydy hynny'n golygu na fydda i'n cofio Aysha a Tudur?' gofynnodd Jacob, mewn braw.

Nodiodd y frenhines ei phen. 'Os byddi di'n cwrdd â nhw eto, fyddi di ddim yn eu hadnabod nhw.'

Roedd Jacob yn siomedig. Doedd e ddim wedi disgwyl hyn. 'Fe fydda i'n cwrdd â nhw eto, fydda i?' mynnodd. 'Rydych chi wedi'u hanfon nhw'n ôl i dir y byw, on'd ydych chi?'

Nodiodd y frenhines yn ddifrifol. 'Ydw, dwi wedi'u hanfon nhw'n ôl i dir y byw,' meddai wrtho, 'ond nid fi fydd yn penderfynu a fyddi di'n cwrdd â nhw eto ai peidio.'

'Ond wyddoch chi ddim beth sy'n mynd i ddigwydd i ni?' mynnodd Jacob.

Ysgydwodd y frenhines ei phen. 'Er y galla i weld y tu hwnt i ffiniau fy nheyrnas, alla i ddim gweld yn bell iawn. Ond fe ddweda i gymaint â hyn wrthot ti: dwi'n credu ei bod hi'n debygol y bydd eich bywydau chi'n cael eu tynnu at ei gilydd eto ond cyn y gall hynny ddigwydd mae'n rhaid i ti, Jacob, ennill yr hawl i aros ar dir y byw.'

Edrychodd Jacob arni, gan fethu credu. 'Beth arall sy'n rhaid i mi 'i wneud?' gofynnodd e. Roedd yn rhaid bod ei daith yma wedi ennill yr hawl honno iddo'n barod?'

'Gwranda'n astud,' aeth y frenhines yn ei blaen. 'Pan fyddi di'n cerdded drwy'r drws yna, fe fyddi di'n wynebu'r un penderfyniad yn union â'r un ddaeth â ti yma yn y lle cyntaf a does dim sicrwydd na fyddi di'n gwneud yr un camgymeriad eto oherwydd fe fyddi di'n colli'r wybodaeth rwyt ti wedi'i dysgu wrth farw.'

Gwnaeth Jacob ei orau glas i ddeall beth roedd hi'n ei ddweud wrtho. 'Ydy hynny'n golygu y gallwn i ddod yn ôl yma eto?' gofynnodd. Roedd y syniad bron yn fwy erchyll nag unrhyw beth oedd wedi digwydd hyd yma.

Ysgydwodd y frenhines ei phen. 'Does neb yn dod drwy fy nheyrnas i fwy nag unwaith,' meddai hi wrtho.

'Felly beth sy'n digwydd os ydw i'n gwneud y penderfyniad anghywir?'

'Mae nifer o deyrnasoedd eraill rhwng bywyd a marwolaeth ac mae pob un yn wahanol. Wyt ti'n dal yn siŵr dy fod ti eisiau cymryd dy gyfle?'

Roedd meddwl am yr holl fydoedd eraill hynny'n ddigon i godi ofn ond doedd dim modd digalonni Jacob. Roedd e wedi dod yn rhy bell. 'Ydw,' meddai. 'Dwi'n hollol siŵr.'

'Yna dwi'n dymuno lwc dda i ti. Efallai bydd yr hyn rwyt ti wedi'i ddysgu'n aros gyda ti mewn rhyw ffordd. Pwy all ddweud?'

Oedodd Jacob. Roedd un cwestiwn ar ôl roedd angen iddo gael ateb iddo. 'Beth am y lleill i gyd?' gofynnodd. 'Y rhai adewais i ar ôl yn Locws? Fyddan nhw byth yn dod allan o fan hyn?'

'Pan fyddan nhw o ddifri eisiau gwneud hynny,' atebodd y frenhines. 'Dyw pawb ddim yn mynd yn ôl i dir y byw, Jacob, ond does neb yn aros yma am byth.'

'Hyd yn oed Steffan?'

'Mae Steffan yn meddwl am adael yr eiliad hon ac i ti mae'r diolch am hynny.'

'Fi?' dechreuodd Jacob. 'Ond sut . . .'

'Dyna ddigon o gwestiynau!' meddai'r frenhines wrtho. 'Gadawa'r eiliad hon neu fe fydda i'n newid fy meddwl.'

Doedd dim angen dweud eto wrth Jacob. Aeth e ar draws yr ystafell, cydio yn nolen y drws a'i agor. Daeth golau i'w ddallu o'r ochr draw a, gan roi ei law dros ei lygaid, camodd ymlaen i gwrdd ag e.

17. CÂN ADERYN

Wrth i drên 11.30 o Abertawe i Gaerdydd ruthro ar hyd y cledrau, eisteddai merch tua chefn y trên, yn yfed carton o sudd oren. Gallai hi fod wedi bod yn unrhyw oedran rhwng pedair ar ddeg ac un ar bymtheg. Yn ei siwmper goch lachar roedd hi'n amlwg iawn ymysg y teithwyr eraill. Eisteddai ei thad wrth ei hochr gan ddarllen papur newydd roedd e wedi dod o hyd iddo ar y sedd. Darllenai'n araf, gan ddweud y geiriau wrtho'i hun, oherwydd nid Saesneg oedd ei iaith gyntaf. Roedd y papur newydd yn wythnos oed ond doedd dim gwahaniaeth ganddo. Roedd e wedi ymgolli mewn erthygl am fachgen o'r enw Tudur, yr un oedran â'i ferch ei hunan, oedd yn cael llawdriniaeth newydd arloesol. Roedd y meddygon yn amcangyfrif bod gobaith y bachgen o fyw tua hanner cant y cant. 'Mae llawer yn dibynnu ar ei ewyllys e ei hunan i fyw,' meddai'r llawfeddyg oedd yn gofalu am y llawdriniaeth, yn ôl y papur.

Rhoddodd y dyn ei bapur newydd i lawr a syllu'n hoffus ar ei ferch. Roedd e'n ddiolchgar ei bod hi'n iach a heini. Roedd meddwl am rywbeth ofnadwy'n digwydd iddi'n gwneud iddo grynu. Roedd hi mor ddeallus, mor awyddus, yn llawn bywyd. Meddyliodd sut roedd e yn ei hoedran hi ac roedd y gwahaniaeth rhyngddyn nhw'n amlwg. Roedd hi'n ymddangos yn llawer mwy gwybodus, yn llawer mwy soffistigedig. Gwenodd e wrth feddwl am hyn. 'Ti'n gwybod, y tro cyntaf y teithiais i ar drên,' meddai e wrthi, 'ro'n i mor gyffrous, allwn i ddim eistedd yn llonydd.'

Wrth iddo ddweud hyn, edrychodd y ferch o gwmpas ar y teithwyr eraill. Teimlai hi'n siŵr eu bod nhw'n edrych ar ei thad. Roedd hi'n credu bod ei lais yn llawer rhy uchel am sgwrs ar drên ac roedd ei acen amlwg yn embaras iddi. Pam roedd yn rhaid iddo godi cywilydd arni fel hyn? Dechreuodd hi ddymuno, fel roedd hi'n aml yn gwneud, y gallai ei thad fod fel tad pawb arall.

Penderfynodd hi fynd i'r cerbyd bwyd i ddianc rhag y sefyllfa a chododd ar ei thraed. Ond roedd rhywbeth am yr olwg yn ei lygaid a'i rhwystrodd hi. Roedd e eisiau rhannu'r profiad yma gymaint. Am y tro cyntaf yn ei bywyd teimlai'n sydyn mai hi oedd y rhiant ac mai ei thad oedd y plentyn. Ochneidiodd hi, ond mor dawel fel na fyddai e'n ei chlywed hi. Eisteddodd hi i lawr eto. 'Dwed wrtha i amdano fe,' meddai hi.

Ychydig filltiroedd ymhellach i lawr y lein, roedd criw o fechgyn yn eu harddegau'n sefyll wrth ymyl y trac. Wrth eu traed roedd pentwr o bolion sgaffaldau, ystyllod pren a brics.

Dyma un ohonyn nhw, llanc tal a gwallt byr ganddo, a'i wefus fel petai'n cyrlio i fyny i wenu'n gam o hyd, yn gwneud sŵn fel cudyll a phoeri ar y llawr. Wedyn sathrodd y poer i mewn i'r ddaear ag ochr ei sawdl. Edrychodd i fyny. 'Amser penderfynu,' cyhoeddodd.

Sythodd ei fynegfys a'i chwifio o gwmpas yn araf o ochr i ochr, gan oedi o flaen pob un o'r grŵp yn eu tro wrth iddyn nhw ei wylio mewn tawelwch. O'r diwedd stopiodd y bys, gan bwyntio at fachgen tenau â gwallt brown a llygaid glas golau iawn, a golwg wedi drysu ar ei wyneb, fel pe na bai e'n siŵr beth yn union roedd e'n ei wneud yno.

'Ocê, twpsyn, y tro hwn mae'r bys yn stopio arnat ti,' cyhoeddodd y bachgen tal. Chwarddodd sawl un o'r lleill, ond oherwydd eu bod nhw wedi cael rhyddhad, nid oherwydd eu bod nhw'n meddwl bod hyn yn ddoniol.

Daeth fflach o ddicter dros wyneb y bachgen roedd e'n pwyntio ato. 'Jacob yw f'enw i, nid twpsyn,' atebodd e.

Cododd y bachgen tal ei ysgwyddau. 'Beth bynnag,' meddai e. 'Dy dro di yw hi beth bynnag.'

Gwyddai Jacob beth roedd disgwyl iddo'i wneud. Roedd e i fod i adeiladu rhwystr ar draws y lein. Ond doedd e ddim eisiau. Teimlai ei fod eisiau mynd yn ôl i'r eiliad cyn iddo ddringo dros ffens y rheilffordd, yr eiliad pan oedd wedi sefyll ar ben Rhodfa'r Parc a dweud wrtho'i hun fod yn rhaid iddo wneud hyn. Ond roedd hi'n rhy hwyr nawr. Roedd e yma ac roedden nhw i gyd yn disgwyl i weld beth fyddai e'n ei wneud. Doedd dim dewis arall. Plygodd a chodi un o'r ystyllod.

Daeth rhyw hanner hwrê gan weddill y criw.

Wrth i Jacob ymsythu, gwelodd wên fuddugoliaethus yn chwarae dros wefusau'r bachgen â'r gwallt byr. Roedd rhyw-beth am y wên a wnaeth iddo stopio. Roedd y wên yn dweud mai dim ond y dechrau oedd rhoi'r ystyllen ar y lein. Byddai llawer, llawer mwy yn dilyn.

Edrychodd Jacob i ffwrdd tuag at y ffens wifren roedd e wedi'i dringo ychydig ynghynt. Roedd aderyn du'n eistedd ar ei phen, a'i ben ar dro. Roedd e fel petai'n edrych yn union arno o un llygad disglair fel glain. Wrth iddo fe oedi, a chydio'r ystyllen yn dynn wrth ei frest, agorodd yr aderyn ei big a dechrau canu, gan lenwi'r awyr â llif o nodau oedd mor hardd fel y bu bron i Jacob golli ei wynt.

Gwrandawodd Jacob a dechreuodd rhyw frith gof ddeffro yn nyfnder ei feddwl; cafodd y teimlad rhyfeddaf ei fod wedi byw drwy hyn i gyd o'r blaen, ei fod wedi cymryd penderfyn-iadau llawer mwy anodd na hwn. Stopiodd yr aderyn ganu a diflannodd y teimlad, fel breuddwyd sy'n mynd yn angof wrth i ti ddeffro. Ond rhaid bod rhywbeth wedi aros oherwydd teimlai Jacob ei fod e'n gweld pethau'n gliriach nawr, ei fod e'n teimlo'n gryfach, nad oedd gwahaniaeth ganddo am beth oedd pobl eraill yn ei feddwl amdano. Doedd dim rhaid iddo wneud dim byd nad oedd e eisiau ei wneud, sylweddolodd.

Roedd hi mor syml â hynny. Wrth feddwl fel hyn, daeth ton fawr o ryddhad drosto a gollyngodd e'r ystyllen. Wedyn trodd e, gan anwybyddu gwawdio'r lleill, a dechrau dringo'n ôl i fyny'r llethr tuag at y bywyd roedd e wedi'i adael yr ochr draw i'r ffens.

Y DIWEDD

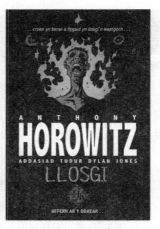